# インビジブル

原案：KEMU VOXX
著：岩関昂道
イラスト：hatsuko

CONTENTS

Invisible：CONTENTS



CONTENTS

とんでもなく不可解な現象だった。どうしてこんなことになったのかさっぱりわからない。混乱した少年は、泣きそうになりながら周囲を見渡した。

夜の町に人々はたくさん溢《あふ》れていた。手を伸ばせば触れることはできる。だが彼らの瞳に自分の姿は映らないのだ。助けを求めることなど不可能である。

どうしてこんなことになった?

これからどこへ向かえばいい?

頭の中で湧《わ》いた疑問符に行き場はない。叫んでもその声すら届かないのだ。自分がここに存在していると証明できるのは、自分だけなのだ。

落胆と恐怖がないまぜになり、絶望に肩を叩かれた気がした。

——ぼくはただ居場所が欲しかっただけなのに……。

Invisible

この作品はフィクションです。
実在の人物・団体等は一切関係ありません。

# 第1章 一方通行のお友達

Invisible

チャイムが鳴ってから授業が始まるまでのわずかな空白が嫌いだった。

学校の敷地内のどこかに身を置き、購買で購入したパンを公園のスズメみたいについばむ。それを食べながら読みかけの本を読む――それが嶋草平《しまそうへい》の昼休みの過ごし方だった。

最近はグラウンド脇にあるベンチがお気に入りで、今日もサッカーやバレーボールに興じる生徒たちを尻目に、イギリスの作家が書いたSF小説に没頭していた。

本は良い。物語の世界はいつでも飛び込むことを歓迎してくれている。草平は自分でも気づかぬうちに食事を終えており、いまは頭から突っ込むように小説に没頭していた。五月の澄んだ青空に綿毛みたいな白い雲がじっとしていた。

しかしチャイムが鳴る前にそこを離れなければ、授業には間に合わない。読書を切り上げた草平は鉛みたいに重い腰を上げ、名残惜しく校舎へと戻っていった。

教室には騒がしさが残っていたが、戸をくぐった草平に話しかける者はいなかった。窓際の前方では、数人が机にファッション雑誌を広げてそれを囲んでいた。

「このモデル、ひじりんに似てね？」とサッカー部に所属している男子が嬉々として声を上げた。「そっくりじゃね？」

「あーわかる。なんか雰囲気も近いかも」ゆるくパーマをかけた女子が同調した。

「そうかな？　髪型だけじゃないか」と青田聖《あおたひじり》が澄まして応えた。ひじりん、というのは彼の愛称だ。

草平は中央の後方にある席に着いた。なるべく静かに、目立たぬように。席に戻ってまず確認するのは、机の引き出しに入っているペンケースや教科書が無事かどうかということだ。ナイロン製のペンケースは中身もチェックする。シャープペンシルもボールペンも定規も変わりない。いくつかの教科書もざっと見た限りでは問題なかった。しかし以前に落書きされた箇所は当然ながらそのままだ。

草平は黙って授業が始まるのを待っていた。しかしなにもしていないのは手持ち無沙汰《ぶさた》が過ぎ、また目立つ。そのため次の授業の教科書を予習がてら眺《なが》めるのが習慣だった。五限目は数学だ。草平は余白みたいなこの時間をとても理不尽なものだと思っていた。早く授業が始まればいい。そうしたら余計なことは考えないで済むのだから。

貧乏揺すりしたがるひざを押さえつけていると、ようやく教師がやって来た。白髪の交じったごま塩頭の五十代の男だ。「席に着けぇ」と眠気を抑えきれない様子で言った。遅れたことを謝りもしないのか、と草平が時計を見ると、授業開始の時刻から三分も経っていなかった。

ごま塩頭が分数式を黒板に書き連ねている間、草平はほとんど無意識に聖へと視線を動かしていた。

クラス替えを終えて二年生になったばかりというのに、青田聖はすでに五組の中心人物になっていた。発言力があり、顔も整っているため、女子からの人気も高い。またつまらない話題もおもしろく話すことができるので男子からも慕われている。昔からそうで、正義感が強く、団体のリーダーを任せられることが多かった。小学校一年生の頃から草平は知っている。

静かな教室にチョークとシャープペンシルの音が交差していた。草平がノートに公式の要点を書いていると、不意に靴先へなにかが転がってきた。

消しゴムだった。拾い上げてから、それが斜め前に座る女子のものだと気づいた。女子生徒は振り返って草平の顔と彼の手にある消しゴムを目にすると、ほんの一瞬、しまったという顔を見せた。

それに気づかない振りをし、草平は黙って――なるべく紳士的に――消しゴムを返した。彼の手の平から二本の指でそれを拾い上げた女子は、「どうも」とわずかに会釈をすると、すぐに黒板に向き直った。

授業は滞《とどこお》りなく進んでいった。

五限目を終え、トイレから戻る途中だった草平は、角で青田聖とばったり顔を合わせた。彼は階下から上がってきたようで、手には紙パックのジュースを持っていた。購買に行ってきたのだろうと草平は思った。

普段なら聖は草平をまるで存在しない者として無視するところだったが、このときは視線と視線が凹凸みたいにぴったりと合致してしまい、お互いに無関心を装うことができなかった。

「……やあ」と草平は言った。ずいぶんぎこちない声がのどから出た。

だが相手はそれでも無言だった。ナイフのように鋭い視線を横目に携えてから、聖は教室へ足を向けた。

草平はなにかに押されるようにして、「待って」とその背中に声をかけていた。彼は足を止めた。

「なんだよ」振り返った聖の声は冷たかった。「次の授業に遅れるだろう」

草平はそれを聞いて悲しくなった。だが表情には出さないように努めた。

「……仲直りしたいんだ」

聖が吐き捨てるように短く笑った。「小学生じゃあるまいし」

確かに小学生みたいだと思った。しかし本心なのだから仕方ない。草平は言葉に詰まりかけたがなんとか口を開いた。「……みんなを使って嫌がらせするのはやめて欲しいんだ」

「おいおい」聖は含み笑いを見せて首を振った。「おれがけしかけてお前になにかしているみたいに言うのはやめろよ。なにか証拠でもあんの？」

「それは……」開いたくちびるは空《くう》を食《は》んだ。しかし言葉が続かなかった。

「おれがなにをしたのかって訊いているんだ」聖が立て続けに言った。「言ってみろよ。ほら。あ？」

草平はなにも言えなくなった。これまでに受けた仕打ちをここでひとつひとつ述べることなど到底できなかった。草平が黙っていると、聖は肩をすくめてから教室へ歩き出した。

「あ、ちょっと……」

「話は終わったろ」と彼の背中が言う。聖は前方に現れた人影に手を振った。「おーい、待ってよ」

「お、ひじりん。まだいたんだ」同じクラスのサッカー部員だ。彼は取り残されたようになっている草平をちらりと見てから、駆け寄ってきた聖に訊いた。「……あいつになんかされたの？」

「別になにも」聖は首を振った。「早く行こうぜ。もう英語始まる」

「うわ、マジで」

草平は遠ざかるふたりを見ていた。

聖は大切な友達だった――親友と呼ばれる間柄であったことは間違いない、少なくともふたりが中学生だった頃までは。しかしその関係を崩したのは自分だ。あることから彼を傷つけてしまったのだ。それ以降、彼は草平を敵視するようになった。

草平も教室へ戻ろうと歩き出した。沈痛なため息が長く尾を引いた。


授業がすべて終わると、途端に部活などを控えた生徒によって学校は騒々しさを増す。

草平はそういった愉快な喧騒には目もくれず、校舎を出た。校門を出て左に曲がり、国道沿いを真っすぐ進めば十分と経たずに目的地が見えてくる。八扇《はちおうぎ》公園だ。テニスコートや野球場、プール、サッカーグラウンドなどのスポーツ施設があり、図書館や市民体育館も隣接した大きな公園だ。

公園の中にある座り慣れたベンチで草平は人を待っていた。近くにある噴水では、空に向かって湧《わ》き上がる水を、三歳くらいの男の子が目を丸くして見上げていた。そのそばに石造りのベンチがあり、母親らしき若い女性が座っていた。

「お待たせ」

いつの間にか彼女はそばに立っていた。

「そんなに待ってないよ、晴香《はるか》」

「なにを見てるの？」

栗沢《くりさわ》晴香は草平の目線に合わせるように屈み込み、噴水のほうに目を向けた。ドキリとした。彼女の長い黒髪が垂れ落ち、甘い香りが草平の鼻をくすぐった。

「なんでもないよ。ぼおっとしてただけ」草平は慌てて身を引いた。

「そう？」

晴香は草平のとなりに腰掛けた。長袖《ながそで》のブレザーは今日の陽気には少し暑そうで、彼女は鞄《かばん》から取り出したハンカチで額の汗をぬぐった。

「ごめんね、遅くなって」

「ううん」草平は首を振った。

栗沢晴香も嶋草平の幼なじみだ。青田聖と同じく、小学校一年生の頃からのつき合いだ。三人は中学校まで同じだったが、彼女だけはいま市内の女子校に通っている。

知り合ってすぐだというのに、どういうわけか三人は馬が合った。性格も特技も趣味も三人に共通する点はなかったが、三等分にされたケーキみたいにぴたりと来るものがあった。それが相性と呼ばれるものなのだろうと草平は思っていた。

しかし、いま草平と聖の間には大きな隔《へだ》たりがある。

「聖と話せた？」と晴香が首をひねった。

何の気なしに訊《き》いている風だが、内心ではかなり気にしているのがわかった。

「全然。ぼくとは話すつもりもないみたい」草平もなるべく平静を保って言ってみたが、晴香の表情を目にしてそれ以上なにも言えなくなった。

「そう……」と晴香が言った。「せっかくふたりが同じクラスになれたのにね……」

噴水のそばにいた親子はどこかへ行ってしまったようだった。辺りは静かになった。草平は晴香とこうして過ごす時間がなによりも大切だった。会う度にするのは他愛もない会話だけだったが、それだけで満ち足りた気持ちになれた。

「これ、返すね」晴香が鞄から文庫本を取り出して、花が咲くような笑顔を見せた。「もう、すっごくおもしろかった」

草平が二週間ほど前に貸していたミステリー小説だった。話題を変えようとしているのかもしれない。ひときわ明るい声になっていた。

「よかった。伏線が全部つながったのには驚いたでしょ」

「うん。なんかすごくすっきりしちゃった」

晴香は昔から男女を問わず誰とでも仲良く接する。流行には疎《うと》いが、品行方正で勉強にも熱心だった。同じクラスになった中学二年生のとき、国語の女性教師は栗沢晴香を例に出して、大和撫子《やまとなでしこ》という言葉の意味を説いたこともあった。

その彼女が高校生になったいまでも自分との時間を設けてくれるのは、彼女なりの優しさだと草平はわかっていた。幼なじみという関係を、彼女は大事にしたいと考えているのだ。しかし晴香は、草平が高校の教室でどのような立場にいるかまでは知らない。もうひとりの幼なじみである青田聖と長いことケンカをしている、ということしか知らないのだ。

しかし事実を話すつもりは草平にはなかった。教室ではイジメ同然の扱いを受けている、と言ったらどうなるのか。その首謀者が聖本人である、と。言えるわけがない。そんなことを知ったら彼女はひどく悲しむにちがいない。

ひと月ほど前のことだった。

最初は気のせいだと思っていた。ちょっとしたことで話しかけたクラスメイトの反応の鈍《にぶ》さだとか、ロッカーの中に溢《あふ》れていた消しゴムのカスだとか、ふと気づいた机の上の小さな落書きだとか、背後に聞こえる忍び笑いだとか、そういうものだ。だがいま考えると、気づいているくせにそう思い込もうとしていただけだったのかもしれない。

その日、帰ろうと昇降口まで下りたところで、机の中に忘れ物をしたことに気づいた。保護者に提出しなくてはならない類《たぐい》のプリントだ。急ぎの用件ではなかったが、せっかく思い出したのだからと草平は階段を引き返した。しかし二年五組の前まで来たところで足が止まった。誰も残っていないと思っていた教室の中から、忍ぶような笑い声が響いていた。

「そもそも、あいつまだ気づいてないんじゃないか」男子の声だ。声が低く特徴的だったが、それが誰かまではわからない。まだ声だけで判断できるほど草平はクラスメイトを覚えていなかった。

「間違いないね」と別の男子が笑った。先のひとりとは対照的に声が高くてハスキーだった。しかしやはり誰かわからなかった。「鈍感だねー、彼は」

「昔からそうなんだよ」

これは聖の声だ。そう気づくと、草平はわずかに開いたドアの隙間《すきま》に耳を近づけていた。

「おれさ、一昨日、嶋の机に落書きしたのよ。あいつ授業中にそれに気づいたみたいで、首をひねってからふつうに消しゴムで消してたからね。前々からあったものだと勘違いしちゃってるね、あの様子を見ると」

声の低い男子が言うと、聖ともうひとりの男子が笑った。

「落書きでも気づかないか」とハスキーが言った。「ひじりんが思いついた消しゴムのカス作戦も空振りだったからなぁ。おれはあれで絶対に気づくと思った」

「あれは腹痛かったなぁ」低温が噴き出した。「ロッカー開けたら消しカスが散らばってるんだぜ？　おかしいだろ！　そこにあるはずないものじゃん！　気づけよ！」

聖とハスキーがげらげら笑った。

「いやぁ、ひじりんが教えてくれたおかげでいいおもちゃ見つけたわ。でも嶋とは小学校から一緒なんでしょ？」

「あぁ、言われてみればそうだったかも」聖は気《け》だるい声で答えた。

「記憶にも残らないか」低温が笑った。

「影薄そうだもんな」ハスキーが言った。「次はどうしよっか、ひじりん」

「そうだな。明日までに考えとくわ。まぁあいつが気づくまではじっくりと楽しもうぜ」

草平は音を立てずに廊下を引き返した。無性に息苦しく、顔が火のように熱かった。だが反対に、心臓は鉄のように固く冷たくなっていく気がした。

その日からずっと草平の胸の中には重たいものが引っかかっている。


「草平、勉強してる？」

晴香の言葉でハッと我に返った。「――ん？　なに？」

「勉強してる？　小説もいいけど、もうわたしたち二年生よ」

「……あぁ、やってるよ、それなりに」草平は笑顔を取り繕った。「でも晴香には敵わないだろうな」

「そんなことないわよ」

彼女は謙遜《けんそん》するが、幼い頃から成績優秀で——公式に発表こそされなかったが——中学の試験では、何度も総合一位に輝いていると噂されていた。別のクラスの誰かが、部活の顧問からこっそり聞かされているという話だった。

「ねえ、今度、一緒に勉強しない？」と晴香が言った。

「一緒に？　そっちとは、やってる内容がちがうんじゃない？」たとえ学年が同じでも、授業の進行の仕方は学校によってまちまちだろう、と草平は思った。

しかし彼女は得意そうにうなずいた。「だからこそやるのよ。お互いの予習と復習になると思うの。わからないところは教えあって、ね？」

わからないところなんて晴香にあるのだろうか——とも思ったが、彼女と一緒にいられる時間は多ければ多いほどいい。草平はもちろん首を縦に振った。

「どこでやる？」うちは使えないな。草平は自宅の現状を思い出して憂鬱《ゆううつ》な気分になりかけた。

「図書館はどう？　参考書も色々置いてあるし」と晴香。

「あ、図書館——」草平はふと思い出した。

噴水のとなりに建っている時計塔を晴香は振り返った。

「そろそろ？」

「そうだね。それにもう暗くなるし」

「うん。じゃあ図書館の件はまた今度ね」そう言って立ち上がった晴香はため息をついた。「あぁ、できることなら、わたしもオセロちゃんに会いたいんだけど……」

「猫アレルギーはつらいね」草平は鞄を手に取った。

「くしゃみが止まらなくなるの。だからネットで猫の動画ばかり見てるわ」

「動画？」草平は首をひねった。

「見る分には好きなの。みんなが思い思いに撮った動画がたくさん上がってるのよ。わたしは猫とか犬の動画を見ることが多いんだけど、どれもかわいくて、気づくと勉強時間がなくなっちゃうの」

　晴香は照れたように笑った。

「へえ、そんなのがあるんだ。それって《clouds》が動画を上げてたサイトと同じところ？」

「そうよ」

《clouds》とは晴香が好きだったバンドのことだ。小さい頃から流行の音楽には無関心で、親の影響からジャズとクラシックばかり聴いて過ごしてきた晴香が、唯一気に入ったロックバンドだった。ネット上の動画投稿サイトに、新曲やライブ演奏の様子をアップして、中高生から絶大な人気を誇っていた。しかし、二年ほど前からなぜかその活動は休止されている。うわさではボーカルのセイジという少年が行方不明になっているとか。またそのセイジが八扇市の出身であるという話もあり、こちらの情報は市内の女子中高生を色めき立たせた。

「そうだ」去り際《ぎわ》、晴香がなにかを思い出して鞄から写真を数枚取り出した。「はい、これ」

「これは……」

草平と晴香、そして聖が、生い茂る緑を背景にして肩を並べている写真だった。目にした瞬間、いまにもセミの鳴き声が聞こえてくるようだった。

時期は中学二年生の夏休み——場所は市外の、県境の山中にあるガラス工房である。晴香が前々からガラス工芸をやってみたいと言っていたので、聖とふたりで計画し、旅行直前まで内緒にして連れていったのだ。そのときの晴香の感激した様子はいまでもはっきりと覚えている。

他の写真も楽しいものばかりだった。鉄製の吹き竿を口にくわえて顔を真っ赤にする晴香や、ジョッキを持ってビールを飲む真似をしている聖、帰りの電車の中で眠りこけた男ふたりなど、旅行の光景が生き生きと切り取られてあった。

「懐かしい写真だね」草平は素直にそう口にした。そういえばこんなこともあったなとしみじみ思い出した。朝に出発して、夕飯前にはそれぞれ帰宅したのだから小旅行と言える。だけどとても楽しかった。

「実はてっきり渡した気になってたの。ごめんなさい、いまごろになって」晴香は本当に申し訳なさそうに言った。

「ううん」草平は首を振った。「ありがとう」

晴香の趣味は一眼レフで写真を撮ることだ。小学生の頃、祖父から教えられてハマったという。

こんなふうに聖と笑いあっていたときもあったんだな——草平がそれらを眺めていると晴香が言った。

「こないだ聖にもそれを渡したわ」

草平は顔を上げた。「——聖に会ったの?」

「ええ、もちろん」彼女は無垢《むく》な笑顔でうなずいた。「聖と話してたらわかったの——この旅行の写真、ふたりにまだ渡してなかったってこと。プリントアウトしたのをその封筒に入れて、机の引き出しの中に仕舞いっぱなしだったのよ。ついこないだまで。ドジよね、すっかり忘れていたんだから」

草平は晴香の後半の言葉をあまり聞いていなかった。「……どこで?」

「え?」

「どこで聖と会ったの?」

「えっと……神社ね。うちの近くの」

晴香の自宅近くには確かに小さな稲荷神社がある。閑静なところで、小学生時代には三人でそこで遊んだこともある。彼女が聖と会っていてもおかしくはない。いま自分とこうして会っているのだからあり得る話だ。草平はそう納得しようと思ったが、晴香本人の口から聞くと気が気でなくなった。

「そう。そうなんだ……。なにしたの?」草平は迷ったが、抱えた疑問を解消しないわけにはいかなかった。なるべく平然と、自然に尋ねた。

だけど晴香は草平の胸中になど気づかない様子だった。

「特になにも。今日みたいにちょっと話しただけよ。どうして?」

「いや、別に……」晴香が自分よりも先に、聖にこの写真を渡したということが不満だった。そしてそんなことで気分を害しそうになる自分もどうかしていると思った。これじゃまるで子供だ。

「聖は素直になれないだけよ」晴香は諭《さと》すように言った。

「……うん、そうだね」草平は写真をバッグに仕舞った。ちがう。聖との関係はいまや絶望的だった。

だがそれを彼女に伝えることもできない。

「それじゃ、またね」と草平は言った。

「……うん、バイバイ、草平」と晴香が応えた。


彼女と分かれ、草平はその足で公園の中を突っ切った。平日の夕方の園内は空《す》いていた。ジャングルジムにも滑り台にも子供の姿はなかった。時おりウォーキングやジョギングをする人間とすれ違うばかりだ。

敷地を抜けて反対側にある道路にぶつかると、図書館は目の前に現れる。だが目的地はそこではない。建物の裏手にはなんの変哲もない雑木林《ぞうきばやし》が広がっている。林はひどく生い茂り、外から見ると暗くて不気味だ。しかし目を凝《こ》らすと内部へ続く小さな道を発見できる。草平は慣れた足取りでそこへ踏み入れた。

雑草で荒れ放題の小道を辿っていくと半球状の空間が顔を出すことになる。そこは小さなドームだった。まるでアニメなどに出てくるようなバリアが、ここにだけ張られているかのようだ。ツタや枝で造られた天井から夕暮れ間近の木漏れ日が注ぎ、草木や土にまだら模様を作っていた。ここはいつ来ても静謐《せいひつ》な空間なのだ。

草平はこれまで自分以外の人間をここで見たことはなかった。しかし自然にできたスペースというわけでもないはずだ。中心には、古くて小さな祠が建てられているからだ。

「おーい、オセロ」

草平が呼びかけると祠《ほこら》の影から一匹の猫がひょっこりと姿を現した。白黒のメス猫だ。

「ミャア」と鳴いて草平の足もとに駆け寄り、身体を擦《す》り寄せる。早くよこせと言っているのだろう。

「二日ぶりだね」

草平は晴香と会う前に立ち寄っていたコンビニで猫缶を購入しておいた。器用な手つきでフタを開けて祠の台座に置くと、オセロはすぐにがっつき始めた。草平も腰を下ろし、小さな友人の食事を眺めた。

高校に入学して帰宅部を選択してしまうと、読書ぐらいしか草平には趣味が残らなかった。以来、この図書館によく通っている。一年ほど前のある日、草平は休館日を知らずに図書館を訪れてしまった。

今日一日をどうしようかと悩みながら周りを散策しているときに、茂みに隠された小さな道を見つけたのだった。

年季の入った木造の祠は、長いこと誰の手もついていないようだった。石の台座を含めても、その大きさは草平の胸くらいまでしかない。祠そのものには小さな観音扉が取り付けられていたが、鍵がかかっている。いまでも管理している人間がいるのかもしれないな、と眺めていると、いつの間にか足もとに彼女が鎮座していたのだった。それから草平は人なつっこいその猫に、安直な名前をつけた。

「ミャア」

見下ろすと、オセロは草平の腰に小さな頭をぐいぐいと押しつけていた。缶詰はすっかり空になっていた。草平は抱きかかえて首を掻《か》いてやった。猫はのどを鳴らして丸くなった。晴香が猫アレルギーでなければここに連れてくることもできたんだけどな——草平はもう何度も彼女とここに座っている光景を思い描いていた。誰にも邪魔されない素敵な場所なのだ。

晴香は聖と会ってなにを話したのだろう。草平はそれを考えると、空っぽの心に濃い煙が満ちていくのを感じた。それがなんという感情なのかはわかっている。それが女々しいことも痛いほど理解している。しかしふたりが神社でどんなふうに待ち合わせ、どんな風に向き合い、どんな言葉を交《か》わしたのかが気になって仕方がないのだ。

そのとき晴香は笑っただろうか?

聖に笑顔を見せたのか？

見せたとしたら何回だろう？

自分が聖のように楽しい話題を提供できないことが悔しかった。あいつはぼくよりも晴香を笑わせることができるはずだ。

そのとき猫の首を掻いていた指がなにか固いものに触れていることに気づき、草平は我に返った。

「……どうしたんだ、これ？」

オセロの首には赤いリボンが巻かれている。草平がいつか巻いてやったものだ。しかし今日はそこに鍵が挟まっていた。

「なんの鍵？」手に取って光にかざすように見た。ずいぶんと小さな鍵だ。錆《さび》っぽく、力を込めれば曲がってしまいそうなほどチャチなものだった。野良猫の首もとに自然に引っかかったとは考えにくい。となると誰かが挟んだのか？　しかしどんな事情で誰がその辺の猫に鍵を託すのだろう。

鍵の小ささから住宅やアパートなどのものでないことだけは間違いなさそうだった。きっと自転車やロッカーなどの規模の小さなもので、少なくとも人が通り抜けるところに使うものではないだろう。そう考えついたときにふと閃《ひらめ》いた。

「もしかして……」

草平はおもむろに立ち上がった。背後の祠を覗き込むと、大きさは扉の鍵穴とぴったりだとわかった。

祠の鍵がどうして、とオセロを見下ろした。猫は知らん顔で毛繕いをしていた。

慎重に差し込むと、鍵はあっけないほどすんなり回った。錆ついていたとは思えないほどだ。少し迷ったが、どうせ周囲には誰の視線もないという事実に背中を押された。

扉の中のちっぽけな空間には、紫の風呂敷が玉座を築くように敷かれており、その上には奇妙な物体が置かれていた。

「なんだ、これは……?」

占い師が使う丸い水晶玉でも置いてありそうなシチュエーションだったが、形状は見るからにちがった。それは鉄のような材質でできた正六面体の物質——キューブだった。

いま一度辺りを見回す。やはり誰もいない。罰当たりな気がしなくもなかったが、好奇心に負かされた。

草平はそれを手に取った。指先に触れる感触と重みから、どうやら鉄製ではないようだと判断できた。しかしプラスチックよりは丈夫そうだ。かといって木製でもなければアルミ製でもない。

重さは、野球の軟式ボールより少しずっしりとくる程度だろうか。草平は片手に載せて上下に動かした。すると、

〝——がい——〟

突如聞こえた声に驚いて振り返った。だけどそこには誰もいなかった。

草平は顔を歪めた。オセロは祠の下で丸くなっている。林の外、遠くのほうから車の走る音が聞こえる。音にも変化はない。

釈然としないまま視線を手の平に戻した。これも気のせいだとは思うが、キューブはほのかに熱を帯びているように感じる。

〝ね――はあ――〟

やっぱり誰かいる！　草平は辺りに目を走らせた。しかし声の発生源は見当たらない。それは遠くから響いてくるようでもあるし、耳元で囁かれているようでもある。ただその軽やかな響きと柔らかい声質から、若い女性の声であることは察せられた。

「……だ、誰ですか？　どこにいるんですか？」

〝ねが――ある？〟

「え？　な、なに……？」

〝ねがいは――〟

「ねがい……？」

〝――ある？〟

「……はい？」

わけがわからない。イタズラか？　落ち着かない草平は周囲を警戒しながらぐるぐると歩き回っていた。

祠の正面に戻って足を止め、草平は林の入り口へと視線を飛ばした。半球状にできたこの空間は彼が通ってきた荒れ道以外に通路はない。他のところから無理やり入ることももちろんできるだろうが、茂みをかき分ける音がするはずだと見当をつけた。誰が現れるんだろう、とじっと待ち構える。

しかし予想も虚《むな》しく、入り口のほうに気配は感じられなかった。草平は首をひねった。いったいどこから見ているんだろう……？

諦めて祠へ振り向くと、目の前に人間の顔があった。

「――ぎゃあっ！」

悲鳴を上げた草平は湿った地面に尻餅をついた。

予期せぬ事態だった。ドンドンドン――心臓が胸の内側を激しく叩いている。視線をその人物の足もとから頭の先へ、そしてまた足もとへと這わせた。

草平と同年代の少女だった。

髪は短めで、首もとに蝶ネクタイをつけ、どこかのステージ衣装のような小洒落《こじゃれ》た格好をしている。よく見ると底の浅い手袋まではめていた。黒のストッキングはどういうわけかところどころ破れており、丸く空いた穴から白い素肌が露になっている。しかし少女は気にする様子もなく、ニッコリと草平を見下ろしていた。

「え、えぇ……？　い、いつからそこに？」

現れ方と彼女の服装から、大がかりな手品を仕掛けられた気分だった。

少女が口を開いた。

「名前はなんていうの？」

「……は、はい？」

「名前だよ、きみの名前」

どこに隠れていたんだ？　ここにはぼくしか――ぼくとオセロしかいなかったはずだ。草平は少女の背後にある祠に視線を移したが、猫はどこかへ消えてしまっていた。悲鳴に驚いたのかもしれない。

「ねえってば！　名前はなんていうの？」

――名前？　ぼくの名前？

「えっと……」草平は恐る恐る腰を上げた。「し、しま……」

「しま？」

「嶋草平……ですけど」

「しまそーへー」ふんふんとうなずいた少女が復唱した。「そーへー、ね！　覚えた」

見た目よりも子供っぽいかな。目の前の少女はもしかしたら中学生かもしれないと思った。

「……あの、訊いていいかな？」

「なーにー?」少女が人なつっこい笑顔で言った。

「願いはどうのこうの……って言った?」

「うん、言った。でもね、まだいいかなー」

「え?」肩すかしを喰らった気分だった。

「たぶんもう少ししたらもっとはっきりするはずだから。それまでそーへーの近くで待つね」

「は?」

なんだこの娘……。言っている意味がわからず、代わりに頭の中で黄信号が灯った。

「……きみの名前は?」草平は友好的に訊いてみたが声は少しうわずってしまった。

「マキはマキだよ」

「……マキちゃんか。もう暗くなるからうちに帰らなくちゃ」

「えー、もう帰っちゃうのぉ?」彼女はこの世の終わりみたいな顔をした。

「うん……、残念だけど時間がね。きみも帰ったほうがいいよ」

草平はでまかせを言った。うちに門限なんてあるはずがない。だけどマキというこの少女は、きっとあまり関わり合いにならないほうがいい類の人間だ。面倒ごとは避けたい。

しかし、はたと気づいた。そういえばキューブはどこへやっただろう? いつの間にか両手は空っぽだった。尻餅をついたときにどこかへ落としたのかもしれない。だが周囲には見当たらなかった。猫が持っていたとは考えづらい。

「どうかした？」

「……ううん」

さらにおかしなことに気づいた。

どういうわけか祠の扉も閉まっていた。かけたはずがないのに鍵もかかっている。そういえば鍵そのものもどこへやったのか覚えていなかった。いや、鍵穴に差しっぱなしにしていたはずだ。だがやはりそれもない。

草平は無理やり疑問を押し込めた。どれも自分にとってはどうでもいい問題だ。鍵の所有者には申し訳ないが、野良猫の首もとに引っかかる程度の雑な管理をしていたのだから文句は言えないだろう。

「……それじゃあ」

「うん、まったねー」マキと名乗る少女は頭上に伸ばした手をひらひらと振っていた。

なるべく笑顔で手を振り返しながら草平は来た道を戻った。そして図書館の裏に出ると小走りになって距離を置いた。自分だけが知る秘密の場所のつもりだったが、まさか相席するとは思いもしなかった。しばらく行くのを控えたほうがいいのかもしれない。

草平の自宅は、市営住宅である三階建てアパート、その最上階の一室だ。重たいスチール製のドアを静かに開け、「ただいま」と小さな声で草平は言った。おざなりの挨拶《あいさつ》だ。返事はない。ただキーボードを叩く音が、廊下の左手にある、ふすまの開いた部屋から響いてくる。

草平には両親がいない。母は草平を産んですぐに死に、しばらくは父の葉一《よういち》とふたりで暮らしていた。嶋葉一は光学機器を開発する会社に勤めていた。だがその父も地方にある本社への出張を終えた帰り道に、高速道路で事故に巻き込まれ、やはり死んでしまった。草平の物心がつかないうちの出来事だった。

草平は開いた部屋の中を少しだけ覗《のぞ》き、そこにいる人物のうしろ姿だけを確認すると、すぐに奥へ引っ込んだ。なるべく音を立てずに、素早く。キーボードを叩く音が大きいとき、それは決まって彼女の機嫌が悪いときなのだ。

打鍵音の主は叔母だ。

葉一の妹である和穂《かずほ》が草平の保護者だ。葉一と和穂にも両親はなく、若い頃から兄妹ふたりだけで暮らしてきたらしい。事故が起きたとき、叔母はデザイン会社で働いていた。しかし、親を失った甥《おい》を引き取ることに決め、しばらくすると時間の融通を利《き》かせるためか退職を決意した。以降、周囲からの協力もあり、叔母はフリーのデザイナー兼イラストレーターとして仕事をするようになったという。名前の印象とはまるでちがって、実際の仕事内容は地味だとかつての叔母は愚痴を漏らした。デザインの対象は装丁が主で、イラストも書籍のページの隅っこに描かれているようなものがほとんどだった。

草平は廊下の突き当たりにあるリビングに入った。キッチン横のテーブルには『図解　イラストつき

でよくわかる　ゴシック建築のすべて』という本が、破られた包装紙と一緒にされて雑に置かれてあった。出版社から送られてきた見本本だろう。

自分の部屋に鞄を放った草平は、一息つくこともせず、冷蔵庫からしなびた野菜をいくつか取り出して夕食を作り始めた。底の深い鍋に水を張って火にかける。空いたコンロにフライパンを置き、野菜炒めを作る。なるべく静かにやっていたつもりだったが、それでも音は立つ。

「うるさいわね」

無機的な声がした。いつの間にか背後にいた叔母は、冷蔵庫から牛乳を取り出すところだった。髪を右耳の下でひとつに結い、肩にかけているのは仕事中によくするスタイルだ。叔母は長身で細身を維持している。目立つようなシワもない。見た目だけなら二十代半ばだと同じ団地の主婦連中が言っているのを、草平は耳にしたことがある。

化粧っ気がないところを見ると、今日も外出していないのだろう。いまは綿のハーフパンツにTシャツというラフな格好だった。

「ごめん、おばさん」草平はそれだけ言ってコンロに向き直った。背後の叔母の視線を考えると少し緊張してしまう。「もう終わるから」

インスタントラーメンの上に適当な野菜炒めを盛るのが、草平の定番メニューだった。もやし、キャベツ、玉ねぎ、長ネギ、人参、白菜、ニラ、トマト、ピーマン、じゃがいもなど、そのとき冷蔵庫にあるものをドカッと載せるだけで済む。

草平は自分の夕食しか作っていなかった。これもいつものことだ。それがこの家のルールである。自宅作業がほとんどの叔母は昼夜を逆転させて生活している。草平にとっての夕食の時間は、叔母にとって仕事の時間だ。草平が教室で購買のパンを食べ終えた頃、自宅にいる叔母は睡眠から目を覚ます。

草平が料理を作り終えてテーブルに着くと、叔母は千円札を二枚そこに置いた。

「牛乳、切れたから明日買ってきて。あといつものシリアルとベーコン。食パンもね、八枚切りのやつ。それと明日の食事代」単刀直入な指示だった。

「わかった」と草平はうなずいた。単刀直入に応えたつもりだ。

叔母は空になった牛乳パックを置いた。その動作があまりにぞんざいだったので、身軽になったパックは稲穂のように揺れてついにはこてんと転んだが、その前に叔母は仕事部屋へ戻っていた。

今日は会話があったな――草平は思った。最近では一言も言葉を交わさない日も珍しくなかった。テーブルに置かれた二枚の千円札を見ながら、インスタントラーメンに箸をつけた。暮らし向きは楽ではない。中学生の頃から徐々にその傾向が現れて、高校に入ってからさらに増した。

草平は「生活費」という名目で、数日に一回お金を渡されていたが、それが同年代の少年少女が親からもらっているような「小遣い」と異なることは自覚していた。自分の金の使い道が、どうしようもなく制限されていることも知っていた。そのため草平は金のかからない図書館に通うことが増え、高校に入ってからもろくな友達付き合いはできず、二年生に上がり青田聖と同じクラスになってしまったいま、教室で孤立しているのだった。

口ゲンカをすることは何度かあったが、しかし草平は叔母を嫌ってもいないし、自分の不遇の責任を押しつけるつもりもなかった。

それまで叔母はひとり暮らしをして働いていたらしい。しかし子供の面倒を見ながら、毎日会社に通うことはとうてい無理だ——そう判断して会社を辞め、幼い甥っ子をここまで育ててくれた。彼女を恨むことなどできない。そのつもりもない。感謝してもしきれないのだ。金がなくても友人ができる人間はいるし、こうして高校にまで通わせてもらっている。それに昔の彼女はとても優しい人だった。よく一緒に遊んでくれたし、宿題も教えてくれた。眠れない夜は絵本を読んでくれたり、自分がデザインした本を見せてくれたりもした。

だが草平が中学生になってしばらくしてからだった——生活のすれ違いや口論が増えたのは。いったいなにが原因だったのだろう？　草平には心当たりがなかったが、叔母とのぎくしゃくした仲が、現在の冷えきった間柄に落ち着くまでにさほど時間はかからなかったように思う。いま思えば、まだケンカをしているときのほうがよかったかもしれない。

ぬるくなってのびたラーメンを胃に流し込み、なるべく音を立てずにシャワーを浴び、あとは自室に籠って眠気がやって来るのを待つことにした。

草平は机の上に置いてある写真立てを手に取った。

撮影場所はどこかの温泉地だろう。優しそうな母のとなりに頑健そうな父が立っている。ふたりとも若い。父は身体が大きく、太い腕を母の細い肩に回している。それがわずかに遺伝したのか、草平の背も高校生の平均的な身長よりは高めだった。

草平はこの写真を眺めて、絡まった糸みたいになった心を落ち着かせるのが癖だった。母はもちろんだが、草平は父の葬式についてもまったく覚えていなかった。

しばらく試験勉強をしていたが、じきに眠気が空から落ちてくるみたいにやって来て、布団にくるまった。なんの夢も見たくないと思った。

# 第2章

Invisible

# とんでもない現象

翌朝、草平《そうへい》が穴から這い出したモグラみたいに目を覚ますと、いつも通り叔母は寝ていた。彼女の部屋に入って寝姿を確かめたわけではないが、ふすまが閉じられており、中からキーボードを叩く音がしないということは、つまりそういうことなのだ。

高校へは徒歩で通っている。片道二十分以上かかる道のりであるから自転車通学を許されているのだが、あいにく移動手段は自分の足しか持っていなかった。そのために早く家を出る習慣が草平には身についていた。だが朝食の卵かけ御飯を食べながら、昨夜叔母が買ってこいと言った品々を思い出すことに没頭していたため、この日は家を出るのが少し遅くなってしまった。牛乳と食パンとシリアルは覚えていたのだが、どうしてもベーコンが思い出せなかったのだ。忘れて帰ってくると叔母になにを言われるかわからない。

教室へ着くと、すでにほとんどのクラスメイトが揃っていた。いつも通りネット上の動画投稿サイトやテレビ番組の話で会話が弾んでいる。彼らの中に遅刻ギリギリで現れた草平へ声をかける者はいない。窓際に座る聖《ひじり》の周囲には、三人の男子生徒が集まっていた。そのうちのひとりが「ひじりん、マジおもしれー」と腹を抱えて笑っていた。

席に着いた草平は、今日一日が無事に過ごせますようにと胸の内で願った。日によって彼が受ける嫌がらせの内容には差があった。まったく平穏無事に過ごせる日もあれば、そうでない日もある。彼らは気分だけで行動を起こすのだ。しかし聞き覚えのある声が耳に届き、草平の願いは中断されてしまった。

「そーへーっ！」

「――うわっ」

突如、視界に大きな影が現れ、草平は反射的に仰け反った。

「えぇ……？」

目の前に現れたのはひとりの少女だった。だがクラスメイトではなかった。しかしまったく見覚えがないというわけでもなかった。どこかで見た覚えがある。

「……あ、ええっ！　昨日の――」

そこには宝石みたいな瞳がふたつ、らんらんと輝いていた。

「――マ、マキちゃん？」

「そぉだよー。マキだよー」ニコニコと顔を左右に揺らす少女が言った。「昨日ぶりだねぇ」

秘密の祠《ほこら》で出会った奇妙な少女だった。どういうわけか、この高校が指定するセーラー服を身に着けている。しかし手袋と破れたストッキングだけはそのままだった。

草平は驚きのあまり、のどの奥でしばらく声が詰まってしまった。

「……えぇっ？　な、なんで……ここに？」

しかし彼女が答える前に別の人間が割り込んだ。

「なんでってなに？」

冷淡な声の持ち主はマキちゃんの背後から現れた。二年五組の女子生徒のまとめ役である、沢井《さわい》という生徒だった。

沢井は草平から一旦視線を外し、マキちゃんに「おはよう、玉川《たまがわ》さん」と微笑んだ。

「おっはよー、さわっち」

愛称で呼ばれた沢井は頬を赤らめてとても嬉しそうだった。端から見ている限りではキツい性格の彼女だが、いまはアイドルに声をかけられたファンのような反応を示していた。

その沢井は次に手の平を返すみたいに表情を変え、ふたたび白い目で草平を見下ろした。

「――で？　なんでってどういうこと？」

「いや……」草平は彼女と初めて言葉を交わすことになって戸惑った。しかし疑問に答えてくれそうな人間は他におらず、尋ねるしかなかった。「……あの、この子って他のクラスの子？」

草平が言うと、ほんの一瞬、沢井はスイカを丸呑みしたような顔を見せた。

「……はぁ？　なに言ってんの、あんた」

「え、なにが……？」草平はわけもわからず焦った。そしてふと思いついた。

「――あ、転校生？」

マキちゃんは相変わらずニコニコしていたが、沢井はずぶ濡れの子猫を保護するみたいに彼女を抱き寄せた。

「信っじらんない！　もう二ヶ月経とうとしてるのに、まだクラスメイトも覚えてないわけ？　しかも玉川さんのことを？」

その迫力に草平は慌てた。そして沢井がなぜ激しい剣幕を見せるのか理解できなかったため、彼女の言葉の意味を把握するのに時間がかかった。玉川？　玉川マキ、というのか？　もう二ヶ月？

「……クラスメイト？」と草平。

「信じらんない。ホンットに最低だね」

吐き捨てるようにそう言って沢井は玉川マキなる少女を連れてそこを離れた。「またねぇ」とマキちゃんは手を振っていた。

草平はぽかんとそれを見送っていた。なにがどうなっている？　沢井はまるであの少女が、新学年が始まった当初からクラスにいたかのような口ぶりだった。草平はいつの間にか教室中の視線が自分に集まっていることに気づいた。聖も訝《いぶか》しむような目でこちらを見ていた。だがタイミング良く担任の教師が現れたので、その場はそれっきりで終わった。

玉川マキは窓側の中間の席に着いていた。昨日までその席に座っていたはずの太った男子は、なぜかいま草平の斜め後ろに腰掛けている——だけど昨日までそこに机は置かれていなかったはずだ。

ホームルームが終わった後、草平は隙《すき》を見て、教卓の上に置かれた出席簿を手に取った。中の名簿は男女混合の五十音順で名前が並んでいる。急いで目を走らせると、そこには「玉川マキ」という名前がしっかりと記載されていた。記載はちょうど中間の位置に。まるで最初からいたみたいに。

出席簿をそこに置き、草平は席へ戻った。なにもかもわからない。二ヶ月弱しか経っていないといっても、あんな個性的な少女は嫌でも記憶に刻まれる——はずだ。草平の頭は痛みかけた。

——本当にどこかに頭でもぶつけていたのだろうか？


玉川マキの特徴は、その立ち居振る舞いだけに収まらなかった。

一限目の数学では、彼女は急に立ち上がったかと思えば「リーマン予想が解けたよ」とのたまい、黒板の左上から始まり、右下に至るまで細かな数式を書き上げていった。草平を含めた生徒たちは、終始あんぐりと口を開けて見ていたが、ひとり興奮したごま塩頭の男性教師は、職員室から取ってきたデジカメで黒板を撮影し始めた。ぶつぶつとひとり言みたいに喋《しゃべ》る彼によれば、マキちゃんが書き連ねた数字の羅列は、どうやら数学の有名な未解決問題の解答かもしれないということだ。教師が四度目のシャッターを切ったところでチャイムが鳴ってしまった。

二限目の音楽の授業では、彼女はグランドピアノを占領し、流れるような指使いで勝手に演奏を始めた。音が跳ねたり止まったりするような曲で、クラシックだろうかと草平は呆然としながら見ていた。おろおろしてはじめは泣きそうだった若い女性の教師も、かわるがわる曲が演奏されるうちに、生徒と一緒に肩を揺すっていた。授業後、軽快な音に誘われてやってきたベテランの音楽教師によると、マキちゃんが弾いた曲はすべてバド・パウエルという、「モダンジャズピアノの祖」と称えられるアメリカの古いピアニストの曲だったそうだ。そこで初めて草平は、彼女が弾いていた曲がジャズだったと知った。晴香がここにいたら喜んでいたかもしれない。

四限目は体育館の真ん中をネットで仕切り、男子は体操、女子はバスケットを行った。試合中、片手でボールをつかんだ玉川マキは、他の女子を地面に置き去りにし、豪快なダンクシュートを三度も決めた。彼女の身長はどれだけ多く見積もっても一六〇センチほどしかない。もはやなにが起きても驚かないぞと誓っていた草平だったが、彼女がフリースローラインからジャンプしていたことに気づくと、もはや驚きを通り越してある種の恐怖すら覚えた。

そんな異質な存在であるからこそ、玉川マキはクラスの人気者だった。いや、その評判は教室という枠を越えて、他のクラスの人間までわざわざ会いに来るほどだった。授業の合間にある短い休み時間も、彼女の周囲には、彼女が見えなくなるほど人だかりができる。授業中では、生徒だけでなく教師すら玉川マキには一目置いていると容易に気づけた。

体育が終わって昼休みに入った。教室へは戻らず、一階の購買でパンを買った足で、草平はグラウンドへ向かった。この日は風もなくいい天気だった。ベンチ近くには誰もいない。快適な昼休みを送れる条件が揃っている。しかし今日の草平の頭の中はどんよりと曇っていた。

どうして玉川マキがいたことになっているんだろう？

一一〇円の油っこいカレーパンを時おり口に運びながら草平は考えていた。彼女の存在や規格外の行動を、自分以外のクラスメイトはまるでいつものことだと思っているみたいだ。結託して自分だけに嘘を仕掛けているはずもない。となると、やはりおかしいのは自分の頭か？

「そーへーっ！」

「うわっ」

――出た。

玉川マキが背後から草平の首もとに抱きついた。「こんなところにいたー。探したよぉ」

「……た、玉川さん、探したって……ぼくを？」

「そうだよ。ねえ、そーへー、どうして教室でみんなとご飯を食べないの？」

「どうしてって――とりあえず……離れてもらえるかな？」

草平はとなりに腰を下ろした玉川マキの目を見た。プレゼントを手渡された子供みたいに輝いていた。それは不気味なほど純粋に輝いていて、思わずつばを飲み込んだ。

「きみは……いったいなんなんだ？」

「え、マキ？　マキはマキだよ」きょとんとした顔で彼女は言う。

「……名前を訊《き》いているんじゃない。昨日まできみは、この教室にはいなかった――そうでしょ？」

「いたよ」

予想だにしない簡潔な返答を受けて、草平の思考はしばらく止まった。「……え？」

「いたことにしたんだもん」と彼女はさも当然なことを答えたかのように言った。「だからマキはね、そーへーの願いが決まるのを待ってるの。だから決まったらすぐに教えてね！　頑張るから！」

玉川マキはグッと握ったこぶしを見せた、彼女の言っていることはなにひとつとして理解できなかった。ひとつひとつの奇怪な言葉は氷山みたいに堅牢であり、どうにかして溶かさなくてはとても解読できそうにないと感じた。草平がようやく口を開こうとしたとき、横槍が入った。クラスの女子たちだった。

「玉川さん、バレーボール持ってきたわ」と沢井が言った。視線は草平のとなりにいる少女のみに焦点を合わせており、まるでとなりに人間が座っていることに気づかない風だった。

「わぁ、ありがと」玉川マキは胸の前で両手を叩いた。「ね、そーへーもバレーやろうよ！」

女子たちがわずかに身じろぐのを草平は見逃さなかった。心配しなくていい。こっちにもそのつもりはないのだから。

「やらない」

そう応えて立ち上がり、校舎へと歩き出した。

「えー、やろうよぉ、そーへー」

それでも誘おうとする玉川マキを、他の女子生徒たちがやんわりと制した。「あんなやつ放っておこうよ」という沢井の声が背中に届いた。
ぜひそうしてくれ、と草平は思った。

数日が経過すると、草平は彼女の奔放ぶりを徐々に把握することができていた。彼女は朝のホームルームに出たかと思えば昼休み前には姿を消していたり、今日はもう来ないのかと思えば五限目からやって来たりする。丸一日いなかったり、一限から六限まですべての授業にきちんと出たりする日もあった。とにかく行動に一貫性が見られず、気の向いたことを気の向いたときしかやらないような人間であるしかった。

その日、玉川マキは朝から姿を見せていなかった。ただ彼女がいないことで、草平が静かな日常を過ごせるかというと、そうはいかなかった。

あいにくの雨で、昼休み、草平は教室の自分の席でパンをかじっていた。外はドブネズミの毛皮みたいに暗い雲がどこまでも続いており、窓ガラスには滝のように雨水が伝っていた。だが彼の視線は机の上にある。そこにはずたずたに穴が開いたナイロンのペンケースがあった。カッターかなにかで突かれたような穴だ。ほんの少しトイレに行っている隙に起きた出来事だった。

中学から使っていたそれは、ほんの一瞬でゴミ同然と化した。特に思い入れがあったわけではない。どこで買ったかも覚えていないし、安物であることは間違いない。しかし数年間使用し続けたものが、自分が席を外しているわずかな間に見るも無惨な姿に変えられてしまうというのはかなりの衝撃があった。だが見ていても仕方がないので、草平はそれを机の中に仕舞った。玉川マキがいない日は、草平への嫌がらせが一段とひどくなる傾向があった。

下駄箱に置いてある彼の靴には、数個の画鋲が必ずと言っていいほど入っていた。初めてそれを目にしたときは、なんて古くさい手だ、こんなのに引っかかる人間がいるのか——と強がって鼻で笑おうとしたが、精神的に受けたショックは小さくなかった。教室後方に備えつけられたロッカーに濡れた雑巾をぶち込まれていることもあった。移動教室の後に戻ると、草平の机だけが群れからはぐれた羊みたいに廊下に飛び出していることもあった。草平がそういったものを片づけたり、元に戻したりするとき、周囲からはくすくすと笑い声が漏れるのがお決まりだった。

草平が購買で買ったパンを食べ終えた頃、「嶋さぁ」と名前を呼ばれた。

聖だった。彼のほうから話しかけてくるなんて珍しいなと思う一方で、昔のように「草平」と呼ぶのをやめたんだな、とぼんやり思った。

「……なに？」

「ちょっといいか？」

セリフのわりに有無を言わさぬ口調だった。彼以外にもあとふたりいて、三人が草平の席を囲む形になった。

聖はその場にしゃがんで、草平と目の高さを合わせた。いったいなんだろう、と草平は身構えた。

「お前さ、玉川さんに対するあの態度、やめたほうがいいよ」

「……態度って?」

「玉川さんに話しかけてもらってるのに、お前の態度は冷たいって話があるんだよ」

「そんなこと言われても……」

「おれもこんなこと言いたくないんだけど、クラスのやつらがそれを気にしてるんだよ。だから昔からのなじみのおれが言うことにしたんだ」

聖は他のふたりと視線を合わせ、ふたたび草平を振り返って不敵に笑った。

「それに、女子に対してはもっと優しく接したほうがいいぜ」

するとひとりが草平の肩に手を置いた。サッカー部の城山《しろやま》という男子だった。

「なぁ、なんでお前ばっかり玉川さんに気に入られてるんだ? 教えろよ」

ニヤリと城山は言った。ここ数日で嫌がらせが加速した原因はこれだった。草平が、学校中から注目を集める玉川マキにいつもつきまとわれているからだ。どうしてお前なんだ——男女問わず、彼らの目はいつもそう非難していた。こっちが訊きたいぐらいだ、とその度に胸の内では思っていた。

「そんなの……わからないよ」本当にわからないのだ。

城山は舌打ちした。「まぁ、とにかくよ、玉川さんに対してあんまり調子に乗った態度とるんじゃねえぞ」

「……ぼくは別に――」

「あ？　なんか言った？」

城山にすごまれ、草平はしおれた花のように口を閉じた。ひどい言いがかりだと思った。

「まぁそういうことだから」と聖が言う。「気をつけろよ」

彼らはまるで正義感から動いているような口ぶりだった。そういうこと、とはなんだ？　しかし面と向かって抗議する勇気は草平にはなかった。言えばまた新たな嫌がらせを受けることになる――それだけは間違いない。

不意に教室の扉が開き、玉川マキが現れた。

「おっはよー」

教室に明かりが灯った。誰もが顔を上げて彼女に視線を注いだ。もう五限目が始まるというのに重役出勤にもほどがあるだろう、とは誰も思っていないみたいだった。城山は近くを通り過ぎようとした彼女に「おはよう、玉川さん！」と弾んだ声で挨拶した。

「おはよー、城ちゃん」と玉川マキが言うと、城山は満ち足りたような顔を見せた。彼女は次に「そーへー、おはよっ！」と言った。

「……おはよう」

草平はなるべく好意的に言ってみた。笑顔を作ることはできなかったが、城山は相変わらず温泉から上がったばかりのような表情だったので、これでよかったのだろうと思うことにした。ちょうどそこで英語の教師が現れた。それを合図にして散らばっていた生徒たちが自分の席へ戻ろうとする中、当の玉川マキは草平に近づいて耳元で囁いた。

「マキね、そーへーの願いがなんとなくわかってきたよ」

草平は驚いて身を引いた。「……なんだって？」

「マキがどうにかしてあげるね」

そう言って素早く席へ戻っていった。草平が訊き返す暇もなかった。願いとはいったいなんのことを言っているのだろう？　出会ったときからそんなことを言っていた。しかし考えるだけ無駄な気がした。

授業に集中しようと頭を切り替えた草平は、教科書とノートを開き、ずたずたになったペンケースからシャープペンシルを取り出した。

放課後、草平は学校の北棟にいた。コンビニに寄ってから公園の図書館で本を借り、オセロのところへ行こう。そう思って教室を出ようとしたところ、クラスの水口《みずぐち》という女子生徒から声をかけられた。

彼女は草平の真後ろに座っている生徒で、休み時間にはいつもビーズアクセサリーを作っている。手芸部に入っていると耳にしたことがあった。

「柏崎《かしわざき》先生が呼んでいるって」と水口は手短に草平へ伝えて去っていった。

柏崎は化学を受け持つ中年の男性教師だ。どうやら来週の実験の準備を手伝わされるらしい。確かに次の週番は自分だったなと思い出した。しかし、いまからやるだなんて……どれだけ規模の大きい実験を想定しているのだろう？

この学校には各クラスに準備係というシステムがあった。教室外の授業の雑用を任せられる、週替わりの担当だ。なにかを命ぜられた場合は面倒に思うが、文化祭や体育祭などのイベント実行委員、保健委員や図書委員などの定期的な活動が求められる仕事に比べれば、草平にとっては楽だった。

特別教室を有する北棟の一階は、今日のひどい天気と人気のなさで不気味にしんとしていた。草平は化学準備室の扉をノックしたが返事は聞こえない。水口の話では、柏崎はここで待っているはずである。扉には鍵がかかっていなかった。

準備室はさほど大きくない。部屋に入ると、窓際に立っている青田《あおた》聖とすぐに目が合った。

「え、聖……？」

草平を見て、彼も驚いたらしい。意表を突かれた顔を見せた。

「あ？　なんでお前が来るんだ」

「……なんでって、来週はぼくが準備係だから。そっちこそどうして？」

密室の中、ふたりきりで顔を突き合わせると、いつもとはちがう空気が流れるようだった。口もききたくないという風に聖は黙っていたが、しばらくして短く答えた。

「……修学旅行の打ち合わせだ」

「……あぁ、係だったっけ。ここで？」

聖はクラスの修学旅行委員のひとりだ。多くの生徒にとって高校生活の中でもっとも重要なイベントは、きっとクラスの人気者に任せられることが多いものなのだろう。

「旅行は柏崎が担当だからな」

草平はおずおずと尋ねた。「……なんでひとり？」修学旅行委員は女子もひとりいるはずだ。

「……今日の打ち合わせは、各クラスひとりでいいんだと。つーか、いちいち訊いてくるんじゃねえよ。黙って待ってろ」

そうしてお互いに口を閉じた。草平は空いていた椅子に腰を下ろした。

おかしな話だと思った。柏崎は修学旅行の打ち合わせと、二年五組の実験の準備を同時にやるつもりらしい。ずいぶんと忙しないスケジュールだ。

聖の背後に見える窓の外の景色もやはり雨に打たれていた。止む気配はない。雨は時おり風に煽《あお》られて波のように揺れる。その度に窓を強く叩いた。雨音と遠くのほうから吹奏楽部が演奏する音楽しかこの部屋にはなかった。

沈黙が続く間も、壁に掛けられた時計の針はカチコチと動いていた。遅い。柏崎も遅ければ、他のクラスの委員も一向に現れない。静かで薄暗く狭い部屋にいると、まるで山中の洞窟で救助を待っているかのようだった。

外の雨がさらに勢いを強めたとき、聖が口を開いた。

「お前、晴香《はるか》から写真をもらっただろう」

「え……うん。もらったよ」

数日前の話だ。

「あっそ」

聖はそれだけ言ってふたたび黙った。どういう意味かわからなかったが、草平はもう訊かなかった。それにしても聖とふたりきりで会話するのは何日ぶりだろう?

さらにそこから二十分ほどが経った。外の景色は暗くなってきている。

この時間を逃さない手はないと気づいた。自分のいまの現状は、あるきっかけによって聖と仲違《なかたが》いしたために起きているものだ——正確には聖から一方的に嫌悪されるというものだが、他のクラスメイトはその関係性に便乗しているだけなのだ。いまでは聖がけしかけてもけしかけなくても、草平が彼らのストレス発散の受け口になることは変わりなかった。

だが聖との仲を修復できればそれも終わるかもしれない。これ以上の苦痛を受けなくて済むかもしれない。

なにか会話の糸口を探さなければ——草平が必死に頭を巡らせていると、聖はふたたび声を発した。

「写真、何枚もらった？」

「……えっと——」とっさのことで草平は驚いた。

「——確か十三枚くらいだった」

「……まぁ、お前にも渡すって言ってたからな」

聖は晴香のことを言っている。だがその言葉には、草平にとってどことなく不快な響きがあった。

「二年以上前の写真なんて渡さなくてもいいだろって言ったんだけどさ。晴香は、お前に悪いからって言うし」聖がまた独り言のように言った。どことなく含みのある言い方だ。後ろ手に持ったナイフを、ちらちらと見せるような危険な気配を感じた。

「……どういう意味？」

草平は堪《たま》らず訊いてしまった。心の深くを紙ヤスリでざらりと撫《な》でられたような違和感をすでに覚えていた。

「お前には黙ってたんだけどさ——」

瞬間、草平はその先を聞きたくないと思った。

聞かないほうがいい。聖の口をどうにかして塞《ふさ》がないといけない、と本能が言っていた。

「——つき合ってるんだよ、おれたちは」

聖がそう言った。

耳が痛むほどの静寂だった。

窓の外に見える雨は勢いを未だに弱めず、まだまだ降り続けそうだった。だがその雨音は聞こえなかった。草平にはなにも聞こえなかった。ただ聖の言葉が頭の中で何度も繰り返された。

きっと聞き間違いだ。そんなはずはない――なにかが草平にそう囁《ささや》いていた。だって晴香はこれまでぼくの味方をしてくれていたじゃないか。図書館で勉強する約束もした。

――だけど、それだけだ。

「やっぱり知らなかったか」聖は言った。「晴香に訊いてくれてもいいぜ」

腹の中に大きな氷塊が落ちた気がした。それは粉々に砕けて辺り一面を冷やした。

「……知らなかった」と草平は言った。力が入らず、囁くような声になってしまった。

「驚いたか?」と聖は訊いた。

「驚いた」と草平は素直にうなずいた。

身体中から力が抜けてしまった。笑って誤魔化すことはもちろん、平然と取り繕うこともできなかった。ただ心臓と肺だけが自動的に動いている、物言わぬ人形となってしまっていた。

「まぁ気を落とすなよ」聖はそう言って準備室を出ていこうとした。「おれはもう帰るわ。待ってられねえ」

「晴香は……」

扉の前で聖は足を止めた。「なんだよ」

「晴香はどうして……ぼくなんかを気にかけてくれてたのかな。いつもぼくを気にかけてくれていたんだ……」

長い間があった。その後、聖がことさらあざ笑うような口調で言った。

「同情だろ」

草平の顔がかっと熱くなった。気づくとこぶしを握り込んでいた。だけど駄目だ。自分には怒る資格がない——草平は自分自身を抑えた。自分が聖に対してしてしまったことを考えれば、迫害されようが侮辱されようが文句は言えないのだ。それに彼の言っていることはきっと正しい。中学まで一緒だった三人の仲から、自分ひとりだけがあぶれてしまったのだ。晴香はそんな自分を気づかってくれたのだろう。それは同情以外の何ものでもない。

聖に対して怒るのは筋違いだ。ぼくは耐えなければいけない。

どれくらいそうしていたのか。ふと気づくと聖はすでにいなかった。雨はわずかだが弱まっていた。もう帰ろう。しかし立ち上がるのと同時に部屋の扉が開かれた。

化学の柏崎は、無人のはずの部屋に草平の姿を見つけるとぎょっとした。「なにしてんだい、きみは？　ここは無断の立ち入りは禁止だぞ」

なじるような仏頂面《ぶっちょうづら》だった。

「知っています」と草平は応えた。


翌日の四限目は自習だった。授業開始時だけにやって来た別の教師によると、現国を担当する中年の女性教師が、季節外れの風邪《かぜ》にかかったということだった。大概がそうであるように、二年五組の生徒たちもそのことを知ると喜んだ。

「静かにな」と言って若い男性教師は去っていったが、無駄な忠告だった。両どなりの二年四組と六組の教室は、二クラス合同で行われる体育のためにいまは空っぽだ。廊下にさえ出なければ多少うるさくしても誰にも見つかることはないし、昼休みが前倒しでやって来たようなものだった。

生徒たちは思い思いに行動し始めた。机を寄せて談笑する者や弁当を取り出して早めの昼食をとり始める者、真面目に勉強をする者、机に突っ伏して眠る者、どこからかお菓子を取り出して食べ始める者など様々だ。しかしその中に玉川マキはいなかった。彼女が遅刻なのか欠席なのかは、現時点では誰にもわからない。神のみぞ知る、だ。

草平は昨夜ほとんど眠ることができなかったが、不思議と眠気はなかった。ちらと目をやると、聖は数人でトランプに興じていた。そして、彼を見るのはやめようと自分に言い聞かせた。もう気にするのはよせ。聖との関係は修復できないし、そもそも自分はもうそれを望んでいないだろう。

鞄から文庫本を出そうと草平がイスをわずかに動かすと、「あっ」と背後で声がした。

手芸部の水口だった。ビーズアクセサリーの制作途中のようで、机の上には砂粒みたいにキラキラ輝くものがたくさん散らばっていた。どうやら草平がイスを動かした震動で、なにか不都合が起きたらしい。

「あっ、ごめんなさい……」草平は机の上を見、水口を見た。

彼女はちらりと目を草平に向けて「いえ、大丈夫です」と言い、ふたたび指先に視線を戻した。

水口が制作しているのはネックレスのようだが、装飾があまりにも立派なのでクリスマスのリースみたいに見えた。大作だ。

草平は読みかけの文庫を開き、小説の世界に没頭しようとした。アメリカの作家が書いた冒険小説だ。主人公は海兵隊を除隊したスナイパーで、多くの狙撃ミッションをこなしながら、謎の組織が絡む陰謀に巻き込まれていく物語だった。わかりやすいストーリーで、普段なら湯船に浸《つ》かるみたいにすんなりとその世界に入り込めるはずなのだが、今日はちがった。開いたページを、どう読んでも、何度読んでも文字は文字でしかなく、頭の中で情景となってくれないのである。こんなことは初めてだった。

草平は自分が苛立《いらだ》っていると気づいた。だがそれは本に対してではなかった。ではいったいなにに対してなのか――。

「玉川さん！」と声がした。

顔を上げると、玉川マキが前方の扉から中に入ってくるところだった。

「おっはよー、みんな!」と手をひらひらさせて軽快な足取りを見せる。窓際の自分の机に鞄を置いた。

草平はふうと深い息を吐いて読書に戻ろうとした。自分の中にある歯車の噛《か》み合わせが悪くなっているると思った。どうにかしてその動きを滑らかにしなければならない。しかし玉川マキはそれをさせなかった。

「ねえ、そーへー。ねえってば!」

草平は無視しようとしたが、あまりにも彼女がしつこかったために返事をするしかなかった。

「……なに?」

玉川マキは手を口もとに添えて、内緒話のように草平に顔を近づけた。

「昨日はどうだった? ひじりんって人と仲良くなれた?」

草平はちらりと顔を上げた。

「……なんで聖と?」

「だって、そーへーはいっつもひじりんを見てたじゃん。マキはちゃぁんと気づいてたよ」

文庫本を静かに閉じ、彼女の言葉を頭の中でいま一度繰り返してみた。

「……きみはぼくを見てたの?」

「うん」玉川マキはにんまりと言う。「ひじりんと仲良くなりたいから見てたんでしょ?」

「いったいなんの話？　昨日って……」

「だからぁ、ひじりんとそーへーをふたりっきりにしてあげたでしょ。どうだった？　そーへーの願い、叶った？」

頭が停止しかけたが、すぐに理解できた。なるほど、そういうことか。すべて彼女の策略だったのか。

草平はゆっくりと二回うなずいた。

「叶った？　叶ったんでしょ？」

マキちゃんの笑顔がさらに満開に近づいた。

「……叶うわけないだろ」

小声ではあるが、刺《とげ》のある強い調子で言ってしまった。マキちゃんはおもちゃを取り上げられた子供のような顔を見せた。

「……そーへー？」

「なにが願いだ。そんなもの願ったこともない。どっかへ行ってくれ——ぼくに願いがあるとしたら、それだ」

撤回するつもりなどなかった。言い終えて草平はぎろりと彼女を睨んだ。

しょんぼりとして玉川マキは教室を出ていった。草平はそれを見送ることもせず、ふたたび本を開き、今度こそ読書に専念しようとした。しかし、

「おい、嶋《しま》」

草平は聞き慣れた声に顔を上げた。目の前には聖が立っていた。道ばたに死んでいたカラスでも見るような目だった。

「……なに？」

「お前さ、いま玉川さんになにしたの？」と聖が言う。

見回すと教室中の目線が草平に注がれていた。そのすべてに敵意がこもっており、蜂の巣にされそうなほどだった。聖はそれらを背景にして、いまクラスのガンに立ち向かうヒーローのようになっていた。

「話は聞こえなかったけど、お前がなにか言ったんだろ？　あんなふうに落ち込んだ玉川さん、初めて見たぞ」

「……だから？」

「だから、じゃねえだろ。お前さ、そういう性格、マジで治したほうがいいぞ？　つーか言ったよな。玉川さんにはもっと優しく接しろって」

聖の物言いに、腹の下のほうから頭の芯までが熱した鉄のようになった。もう我慢はできなかった。自分の中に溜《た》まっていた黒くてドロドロしたものが、一斉に溢れ出すようだった。

草平も立ち上がって口を開いた。

「ぼくが玉川さんと話すとみんなが怒るからなるべく静かにしてたんだけど、なにが気に食わないのかな？」

「言葉を選べって言ってんだよ。女子にあんな態度で接することはないだろ」と聖が言う。正義の二文字を背負ったような口調だった。

「あのさ、よく知りもしないのに口を挟むのはやめてくれないかな？　それにぼくは最低限の受け答えはしているつもりなんだ」と草平も言う。

「最低限？」聖はあざ笑うように言った。「そんなだからお前は駄目なんだよ。最低限じゃいつまで経っても友達なんかできないし――ある日、友達も友達じゃなくなっちまうぞ」

顔面の筋肉がひくついた。草平は聖の言葉を耳にして、もう本当に彼とは戻れないところまで来たのだと深く理解した。目の前に立つ青田聖は幼なじみなんかじゃない。敵だ。

「友達がいない？　勝手に決めないで欲しいな」

「無理すんな」聖は首を振った。「おれはお前についてのたいていのことは知っている。この教室にはいるのか？　いないよな。お前、いっつもひとりだしな」

草平はのどを鳴らした。

「逆に訊くけど、きみにはいるの？」

聖は大きくうなずいた。

「いるぜ。二年五組のみんなは全員おれの友達だと思ってる。お前以外はな」

「へえ」草平も笑った。これっぽっちも愉快な気持ちにはなれなかったが、無理やり口角《こうかく》を上げた。「その友達同士で結託してぼくをいじめているわけだ？　そんな友情、薄汚れていると思わない？」

聖の顔が赤くなった。

言ってやった。草平は内心でほくそ笑んだ。溜まっていた鬱憤《うっぷん》の何割かを吐き出せた気がした。聖には正義漢ぶったところがある。そこを逆手に取って、自分はいま反撃できたんだ。そう思っていたときだった。

ごつん。鼻先から衝撃が広がり、頭が後方にのけぞった。

——殴られた！

気づいたときには二発目が飛んできた。だが聖の左腕は空《くう》を切るだけだった。大振りした彼はバランスを崩して草平を巻き込み、ふたり一緒に床に倒れた。

周囲から悲鳴が上がった。だがそれはガラスを隔てたようにくぐもって聞こえた。

「てめえ！」

燃え上がった聖が馬乗りになろうとするが、草平はそれをさせない。逆に聖の肩に手を引っかけて、床に押さえつけようともがく。くんずほぐれつの中、何発か顔や腹に追撃を食らった。だがお返しに草平の握りこぶしとひざも、聖の体のどこかにヒットしていた。

しかし時間にすれば数十秒だったのかもしれない。

もみくちゃになっていたところを、ふたりは数人の男子生徒に引き離された。草平は聖のボロボロになった全身を見た。ワイシャツは肩の部分がわずかに破れ、左目の少し上が腫《は》れていた。

草平も十分すぎるほど傷を負っていた。細かいところはわからないが、鼻血を大量に流していることは間違いない。あまりに多く流れるため、右の穴から出てくるのか、それとも左の穴からなのかはっきりしないほどだった。また、周囲のどよめきによってようやく気づいた。自分の左腕、その肘《ひじ》の部分からも出血していたのだ。赤い血が腕を伝ってぽたりぽたりと指先から滴《した》り落ちていた。出血は多いようだが痛みはない。

草平は聖と自分の間に目を落とす。現場には倒れた机や椅子、散らばった文房具が落ちており、どうやらそのうちのどれかを強く引っ掛けらしい。だが目を凝らすと、他にもなにか砂粒のようなものが散乱しているのがわかった。

「あっ！」ひとりの女子が甲高い声を上げて指差した。「水口さんの！」

「水口の……？」

「ひでえな、こりゃ」

「完成間近って言ってたやつ？」

「お母さんの誕生日にあげるとかって——」

草平と聖が争った場所には、水口が先ほどまで制作していたネックレスがあった。しかし誰が見てもそれは壊れていると知れた。テグスなのかワイヤーなのか、その名前を草平は知らなかったが、ビーズを通すヒモは途中で千切れて中央の飾り付けも崩壊していた。

水口が進み出た。膝《ひざ》を折り、無言で床から残骸を拾い上げた——その瞬間、草平は見た。ネックレスから血がぽたりと一滴、床に垂れたのだ。水口はそれに気づくとぎょっとしたように身を引いた。

草平は視線を感じて顔を上げると、聖と目が合った。彼はほとんど表情を変えなかったがにやりと笑ったように見えた。そして口を開いた。

「水口に謝れよ。お前の血だぞ」

草平は絶句した。偶然だ、わざとじゃない——そう言おうとしたが、周囲の声に阻まれた。

「血？　なにが？　どういうこと？」と女子が言う。

「よく見てくれ。水口のそれ、嶋の血に浸ってるんだよ」と聖が言う。その通りだった。教室の床には五〇〇円玉程度の血だまりがいくつかできており、ネックレスはそこに落ちてしまったのだった。

「うわっ、マジかよぉ」「えー、最悪……」「他人の血がついたのはちょっとなぁ」「水口さん、大丈夫？」

群集は思い思いに口元を歪める。空気が濁《にご》り出したように感じ、草平は周りを見渡した。誰も自分と目を合わせようとしなかったが、彼らの敵意は完全に自分だけに向いていると気づいた。

——ちょっと待って。待ってくれ。

「おい、嶋っ！　お前のせいだぞ」さらに聖が煽る。

草平も慌てて口を開いた。

「聖、お前が殴り掛かってきたからだろう！」

意外にも聖は言い返さなかった。草平の言葉を待っていたといわんばかりに、深くうなずいたのだ。

「確かにおれも悪かった。水口、みんな、驚かせてごめん……。嶋とちょっとした言い争いになったんだ。喧嘩はお互いが悪いっていうし、俺にも責任はある」

とっくに息は整っているはずなのに、聖は肩を上下させながら、そんなことをのたまった。

草平は開いた口が塞がらなかった。やられた！　草平は周囲の気配を察知して、自分がこのケンカで聖に敗北したことを悟った。

クラスメイトはみんな押し黙っているが、それは自分の謝罪の言葉を待っているのだ。ひじりんが謝ったんだからお前も謝れよ――と考えているにちがいない。

草平は座り込む水口に近寄った。

「水口さん、本当にごめんなさい……」

頭を下げた。自分の血で汚してしまったことは確かだった。草平はじっと目線を下げていたが、水口がなにも言わないのでおずおずと顔を上げ、そして息を呑んだ。

彼女は泣いていた。壊れたネックレスを、まるでゴミ捨て場から拾い上げたように指でつまみながら。

水口は濡れた瞳をゆっくりと草平に向けた。草平はもう一度謝罪の言葉を口にしようとしたが、彼女の小さなくちびるのほうが早く動いた。

「もう……消えて」


その後、水口は他の女子に連れられて教室を出ていった。聖はクラスメイトに保健室へ行ったほうがいいと勧められていたが、彼はそれを辞退した。

「たいしたことないからいいよ。それよりもお前が行けよ、嶋。その血、まだ止まってないだろ」

みんなは、まるで正義のヒーローを賞賛するような眼で聖を見ていた。草平はなにも言わずに保健室へ向かった。

中年の女性の養護教師は草平の顔を見て驚き、包帯を巻きながら事情を訊いてきた。しかしなんと答えたか覚えていない。保健室の洗面台で顔を洗って、渇いた泥のように固まった鼻血を手でぬぐった。鏡に映った自分の顔はまるでボクサーみたいだと笑えてきた。

そのまま早退を願い出て、草平は昼休みが終わらぬうちに学校を後にした。


「ただいま」

自宅の扉を開くとキーボードを叩く音に迎え入れられた。その音が平常時よりもやや大きいぐらいだったので、今日の叔母は少しピリピリしているなとぼんやりと思った。彼女の機嫌は打鍵音に表れるのだ。

草平は幽霊みたいにそこを通り過ぎ、部屋に入った。

ふと気づくと自分はアパートの前に立っていたが、帰宅途中の記憶があやふやだった。どうやってここまで歩いてきたのだろう？　なにを考えながら歩を進めたのだろう？　もしかしたらなにも考えていなかったのかもしれない。そして頭と同様に心も空虚だった。

なにもかもうまくいかない。することもないので草平は布団の上に横になると、猛烈な眠気が雪崩《なだれ》のように押し寄せてきた。

そういえば昨夜はろくに寝ていないんだった。しかしこのまま目を閉じてしまったら時間はひとっ飛びして、目を覚ますとまた学校へ行く時間になっているかもしれない。できることなら、もうあんなところへは行きたくない。本来はこの時間を試験勉強にでも当てるべきなのだろうが、そんなことをしていまの自分になんの意味が——

目を覚ますと部屋は真っ暗だった。時計は八時を回っていた。六時間以上も眠りこけていたらしい。いや、ひとまず六時間で済んだことを喜ぶべきかもしれない。とにかくまだ朝になっていなくてよかった、と草平は目をこすった。

ふすまを開けると叔母が目の前のテーブルについていた。

「起きたのね」と叔母が言った。そして振り向いてギョッとし、草平の顔を覗き込んだ。「あんた、その顔どうしたの?」

しまったと思い、草平は自分の顔を撫でた。

「いや、その、自転車にぶつかって……」

「自転車にどうしてぶつかるのよ?」叔母が眉間《みけん》にしわを寄せた。

「自転車がぶつかってきたんだよ」

草平はうんざりした調子で言い直した。

「怪我《けが》してるの?」

叔母の目は草平の左肘へ向いていた。草平はそこを抑えて「たいしたことないよ」と首を振った。実際にたいした傷ではないのだ。

「病院は?」

「学校の保健室でやってくれたから大丈夫。大丈夫だから、本当に」

草平は話を無理やり切り上げようとした。

「なにを怒ってるのよ」と叔母が言った。

「別に、なにも」

「……その怪我のこと、ちょっと聞かせなさい」

「だから！　自転車がぶつかってきたんだって」

「やっぱり怒ってるじゃない」

かっと顔が熱くなった。

「怒ってない！」

草平の大声にびくりと叔母が身体を揺らした。そのわずかな動きを感じ、草平は狼狽《ろうばい》した。ひどい罪悪感を覚えた。台所は深海みたいな静寂で満ちた。時計の音だけがそこを住宅の一室だと教えてくれていた。

――ぼくはどうしてこんなに駄目なんだろう？

どんな理由があろうとも、叔母に怒鳴る道理はぼくにはないのだ。こんな自分が大嫌いだと思った。

草平は静けさにいたたまれなくなって台所を飛び出した。玄関で履《は》き古したスニーカーに足を突っ込む。

「ち、ちょっと！　どこ行くのよ、こんな時間に」

叔母の声が背中に響いたが、振り向かなかった。草平はアパートを出た。外は当然ながら日が落ちて真っ暗だ。市営住宅は寝静まるのが早い。

飛び出したはいいものの、どこへ行く宛てもなかった。草平を匿《かくま》ってくれる友人はもういない。ただ気の向くままに歩くしかなく、気づくと駅前のほうへ来ていた。

ここまで出ると車も人通りも多く、辺りは様々な音と光に満ちていた。帰宅するサラリーマンや大学生らしき集団、高校生もちらほらといた。

彼らは一様に急ぎ足だ。目的地があるのだろう。自分にはない。だからそんな自分がまさか声をかけられるとは思っていなかった。

「草平?」

反射的に振り向くと晴香が立っていた。制服姿のままだった。草平はひどく驚いた。

「な、なんでこんなところに?」

「こっちのセリフ……って」晴香が笑ってから目を丸くした。「――え! どうしたのその顔?」

もっとも見られたくない人に見られてしまった。この怪我を負わせた人間が誰か知ったら、彼女は間違いなく打ちひしがれるだろう。そんな姿は決して見たくない。

「自転車がぶつかってきてさ……」

「自転車が? 大丈夫なの? その腕の包帯も……」

「大丈夫。全然、まったく、問題ないよ」

草平は無理に笑顔を作った。しかし晴香は自分が怪我をしたみたいに泣きそうな顔になった。

「とっても痛そう」

そう言って手を伸ばしてきた。しかし晴香の手が顔に触れる寸前、草平はその手を握った。

「大丈夫だってば。放っておけば治るし」

「……そう？」

「うん」

草平はまだ晴香の手を握っていた。彼女の手はひんやりとして心地《ここち》好かった。指は細く、陶器みたいにつるりとしていた。できればずっと握っていたいと思ったが、草平は手を離した。

「ごめんね、見てるだけで痛そうで。触ったら良くないよね」

手を引っ込めた晴香が恥ずかしそうに笑った。「それで、こんな時間にどうしたの？」

「ぼくは……本屋へ。晴香はどうしてここに？」

「わたしは予備校の公開授業に行ってたの」

「……晴香が予備校へ？」

「そうよ。おかしい？」

草平は首を振った。「おかしくない。ということは、これから通うの？」

「どうしようかなって思ってたけど、今日の授業を見て決めたわ。通うつもり」

「そうなんだ」

それがいいと思った。晴香が自分と図書館で勉強なんてする必要はないのだ。

訊くと晴香はこれからひとりで歩いて帰るという。

「危なくない？」草平が言った。

いまは九時を過ぎた頃だろう。八扇駅《はちおうぎ》の周囲は明るくて問題なさそうだが、ひとつ通りを挟んだ裏道はゲームセンターやパチンコ店の他にいかがわしい店も軒《のき》を連ねており、治安がよくないと聞く。またこの付近では定期的に痴漢騒ぎがあるのだ。

「大丈夫。小さい頃から住んでいる町だもの。ねえ、明日は空いてる？」

「明日？　うん、放課後は……空いてるけど」

「よかった。じゃあまたいつもの場所で待ち合わせしよう。図書館で勉強もしたいし」

「えっ？　でも……」草平は反射的に声を上げてしまった。ふたりで会うなんていいのかな、という言葉がのど元まで出かかった。

「どうかした？」

「いや……聖のことなんだけど——」

「聖？　なあに？」

晴香は首をひねった。

「——ああ、いや、ごめん……。なんでもないんだ」草平は慌てて首を振った。

「変なの」

晴香とはその場で別れた。帰り道は途中まで同じなので一緒に帰ろうと言われたが、草平は適当な理由をつけて断った。くれぐれも明るい道を通るようにと伝えると、晴香は「わかってる」と言い残して去っていった。

——ありがとう。

草平はお礼を言いたかった。結局、聖との関係を尋ねることはできなかったが、訊いても意味のないことだ。やはり彼女は恋人ができても、あぶれてしまった草平を排除したりしないのだ。一緒に勉強しようと言ってくれた言葉は嘘ではなかった。そして、ようやく気づいたことがある。そのことで頭がいっぱいだった。もっと早くに気づくべきだった。

——ぼくがいなければすべてうまくいくんだ。

草平はその事実に気づくと、いままでの自分のあまりの馬鹿馬鹿しさに嫌気が差した。晴香は幼なじみであるというだけで自分をどこまでも気にかけてくれる。叔母は自分を養うために会社を辞め、いまも無理をしている。水口の努力の結晶を無駄にし、教室の空気が悪くなったのも、イジメの標的になった自分がいなければそもそも起こり得なかったことだ。

——そうだ。すべての原因はぼくなんだ。

駅前の通りを真っすぐ北上すると川にぶつかる。比較的大きな一級河川だ。宛てもなくさまよっていた草平は、我に返るとその川に架かる橋の上にいた。橋の下は町明かりが届かないため真っ暗で、水のたゆたう音だけが聞こえる。しかしこの橋から川面までかなりの高さがあることは、市民なら誰でも知っている。

草平の頭の中に、水口の「消えて」という言葉が反響していた。それは一滴の雫《しずく》となって草平の深いところに落ち、広がった波紋は全身に達していた。そうだ。消えてしまえばいいのだ。ささくれ立っていた草平の心が絹のように滑らかになった気がした。

いっそのことここから飛び下りてしまえば楽になるかもしれない――そう思ったとき、足もとにそれは落ちていた。街灯の明かりにキラリと反射した。

草平はその物体を見届けると目を丸くした。

どうしてこれがここにある？　いつか祠で見つけたキューブだった。拾い上げてみたが、祠で見つけたものと同じものに見える。わけがわからなかった。

〝ねがいはある？〟

「――なにっ？」

声だ――玉川マキの声がする。

どこにいる？　だが橋の上には自分しかいない。他は二車線の道路を車が行き来しているだけだ。それなのに、あのときのように声がする。

〝やっと決まったんだ〟

「……は？　マキちゃん、どこにいるんだ？」

〝ここ〟

「どこ？」ねがい、とはいったいなんのことだ？

〝ここだよ〟

「……ここ？」

草平は手の中のキューブに目を落とした。ほんのりと熱い。小動物の体温のようで――それが徐々にじんわりと――さらに熱く、高まり――そして――

「――わ、熱っ！」

燃え上がるかとおもうほど熱くなり、耐えきれず草平は手を振り払った。

「……あ、あぁっ！」

宙に放ってしまったキューブは柵を越え、あっという間に橋の下へと落ちていった。たちどころに暗がりへと溶け込み、着水の音すら聞こえなかった。草平は眼下の暗闇を見下ろしながら呆然としていた。

――いまのはなんだったんだ？

――あの声は？　幻聴？

さらさらと流れる川の音にしばらく耳を預けていた。

理解不能の事態にすっかり気持ちは萎《な》えてしまっていた。草平は駅前へ戻った。人通りは先ほどよりもわずかに少なくなっていた。両側に飲食店や飲み屋が立ち並ぶ街路だ。もう遅い時間である。叔母のことを考えると気が重くなるが、草平も帰路に着こうと歩き出した。しかし、

「――うおっ！」

大柄の人間と正面からぶつかってしまった。

「す、すみません」慌てて草平は言った。「前を見てませんでした」

「なんだなんだぁ？」

私服姿の三十代半ばくらいの男性だ。おおげさに両手で胸の辺りを払った。となりには歳は若そうだが化粧の厚い女性を連れていた。

「すみません、本当に」

しかし、男性の汚れを払い落とすような動作に草平は少しムッとした。

「猫か？　カラスか？」男が言った。「よく見えなかったんだけどよ、けっこうでかかった気がするぞ」

「はい？」と草平。

「やぁだ。ぶつかったの？　あたしも見てなかったわ」女が顔をしかめた。

「あのぉ……」草平はおずおずとふたりに声を掛けた。

体格のいい男は相変わらず耳を貸さず、草平が鼻面をぶつけたTシャツを引っぱり上げ、自分の鼻に近づけた。すんすんと匂いを嗅いでいるようだ。

「わかんねえな。ちょっと汗臭いか？」

「それあんたの匂いでしょ。もういいじゃん。行こうよ」

ずんずんと歩き出したふたりを、草平はサッと横に避けた。

「あのー、すいませんでしたぁ……」

控えめではあるが、ちゃんと聞こえるくらいの声で言ってみた。が、それでも男は振り返らなかった。

感じの悪い大人だな、と思った。なにも無視することはないだろう。

だが草平は背後からまたしても人にぶつかられた。

「うわっ！」草平はバランスを崩してべしゃりと地べたに素っ転んだ。

「痛ぁい……」と背後で声がする。「もう、なにぃ？」

見上げると、OL風の女性が立っていた。足もとにキョロキョロと視線を這わせながら、左脚の辺りを手でさすっていた。さっきの男の動作に似ていると思った。

「これかしら？」女はそう言って、そばにあった、大きな文字で《全品二〇〇円》と書かれた居酒屋の電飾看板に手を伸ばし、「もうっ！」ガツン——と蹴りを一発。看板は派手な音を鳴らして揺れた。OLはカツカツとヒールを鳴らして、倒れている草平のそばを通り抜けていった。

草平はその場に硬直して考えていた。なにかがおかしい、いまなにか変なことが起きている——そして自分だけがそれに気づいていない。現状をまるで理解できていなかったが、水面下で人食い鮫が待ち構えているような緊張感だけはあった。

慎重に立ち上がってふと横を見ると、そこには居酒屋のガラス窓があった。なんの変哲もない黒っぽいガラスだが、その色のために中の様子は判別しづらく、外から見ると結果的にミラーの役割を果たしていた。

なんとなく見ていたつもりだったが、それに視線を注いでいたのは本能が叫んでいたからなのかもしれない。ようやくそのガラスが映している世界の異常さに気づくと、草平は腰を抜かしそうになった。

——なにかおかしくないか？

ガラス窓から視線を外し、草平はうしろを振り返った。ちょうど大学生らしき男女の集団が通りの向こうから歩いてくるところだった。酔っているらしく騒がしい。草平ははやる気持ちを抑え、そんな彼らをじっと観察した。そして連中が自分の真後ろに来た瞬間、草平はふたたびガラスに目を向けた。

そこには彼らが映っていた。当然のことだった。鏡はいついかなるときも正しく世界を映す。そこにあるものを反転させて投影するのが役割だからだ。男が四人、女が五人——間違いない。このガラス窓は正常だ。

——じゃあどうしてぼくの姿が映っていないんだ！

草平はこぶしで窓を叩いた。どういうわけかガラス窓には自分の姿が映っていない。背後にいる学生たちや町並みだけを反射させている。こんな現象は見たことも聞いたこともない。脳みそが傾いているような錯覚に陥った。

草平は思い切って、近くを歩いていた男の前に躍り出た。白髪頭《しらがあたま》でメガネをかけており、気弱そうな顔つきの初老のサラリーマンだ。

「止まってください！　止ま、止まって……、止まってください！」

とっさに避けたため三回目の衝突は免れた。男性は速度を緩めず歩き去った。草平は絶望の縁に足をかけた気がした。あぁ、間違いない――自分の身体は他人に見えていない……。いや、ちがう。見えていないだけじゃない。ガラス窓にも映らない――つまり消えているのだ。

ハッと思い出した。まさか自分は死んだのか？　彼らは草平の声も聞こえていない様だった。そして彼がいま身に着けている衣服も――鏡を見る限りでは――消えている。実はさっき川での飛び降り自殺に成功していて、だけど自分が死んだことに気づかない地縛霊にでもなってしまったのか？

ふと思いつき、草平は足もとに積んであったゴミ袋を蹴っ飛ばした。袋はやけに軽く、思いのほか遠くまで転がった。中のゴミが辺りに散乱すると、近くを歩いていた通行人が何事かと身を引いた。

草平は自然と左の胸を押さえていた。自分は死んでいない。ゴーストになったわけじゃない。物体にも触れるし、よく考えてみれば地面に足も着いている。

――そうか。

――ぼくは透明人間になったんだ。

# 第3章

## もう頭が痛いよ。

もう頭が痛いよ

Invisible

朝、草平《そうへい》は祠《ほこら》の足もとで目を覚ました。まぶたを開くと視界いっぱいに広がった緑に驚かされ、とっさに身体を起こした。

「——痛っ……」

肩とひざに鈍痛があった。関節という関節が、知恵の輪みたいに歪んでいるような感じだ。祠の台座は石造である。ベッドには適していない。明け方までここに座って呆然としていた記憶があるが、いつの間にか眠りこけてしまったようだ。草平は痛みを堪《こら》えて伸びをした。

町中は人が多くて危険であり、かといって家には帰れない——ではどうするべきだろうか。草平は秘密の祠があるこの場所しか思いつけなかった。

草平は右手を上にかざした。自分にとってそれはただの手だ。木漏《こも》れ日を浴びて、ちゃんとそこにある。すべて悪い夢だったんじゃないかと疑いたくなった。

夜の雑木林《ぞうきばやし》はまさに漆黒の塊であり、慣れている草平も中に踏み入れるのは気が引けた。恐る恐る入ったものの、当然、外より暗い。じっと待っていると徐々に祠の輪郭がおぼろげに見えてきたが、闇の中に潜むその姿はいつもとはちがうたたずまいに思え、少し不気味だった。オセロがいてくれればいいのに、と草平は友人の姿が見えないことを残念に思った。思えば夜の彼女がどこで過ごしているのか、草平はまったく知らなかった。ひょっとしたら寝床は別のところにあるのかもしれない——そんなことを考えながら時間をつぶしていたのだった。

だが朝になったいま、現実逃避はやめて、考えないわけにはいかない――どうして自分が透明人間になったのか。そしてこれからどうするべきなのか。しかし考えようとすると草平の口からため息がこぼれた。自分の現状は、砂漠のど真ん中へ裸でポンと放り出されたようなものなのだ。なにもわからないし、どうしようもないに決まっている。

ぼくがいったいなにをしたっていうんだ。どうしてぼくにばかりこんなことが起きるんだ。台座に腰掛けた草平は頭を抱えた。誰にも自分の姿は見られず、声も届かず、そしていつか存在すら忘れられるのだろうか？

不意に遠くから猛獣の雄叫《おたけ》びみたいなトラックの走行音が聞こえた。続いて、バイクが鳴らす金属の悲鳴のような音も聞こえ、そしてすぐに遠くへ消えていった。どうやら世間は今日も平和らしい。本来なら自分も学校に行っているはずの時間だ。当たり前のように回る世界のひとつであれたはずなのだ。だがいまは完全にその仕組みから外れてしまった。嶋《しま》草平というひとつの歯車がポロリと落っこちたところで、巨大な時計は動きを止めないのだろう。

学校――そう考えると、草平は聖《ひじり》を思い出した。自分は学校になどもう行きたくもなかったはずだ。クラスメイトはもはやノリだけで自分をいたぶる。そこにはとっくの昔に理由などなくなり、いまの彼らはただいたぶりたいからいたぶる――という短絡的な行動をとる野蛮な人間たちだ。そして水口《みずぐち》の「消えて」という言葉。思い出すと心臓に穴が空きそうになる。

しかし、と草平は考えを改める。

誰にも見られることのないいまの自分なら、教室で好きに振る舞えるのでは？　そんな考えが頭をもたげた。きっと迫害を受けずに教室を眺めることができるはずだ。なんたって自分はいま透明人間なのだ。聖も城山《しろやま》も沢井《さわい》も、誰もこの姿を目にすることができないだろう。それがどういうことなのか確かめてもいいのではないだろうか。草平はただ純粋に興味を引かれ、気づくとすでに祠を後にしていた。

なるべく町中《まちなか》は歩きたくない。草平は公園の中に入り、高校の方角へ向けて歩くことにした。

わずかに冷静さを取り戻すと、昨夜のあの通りが歩行者専用道路でよかったと草平は思った。自分の透明化に気づかず、うっかり自動車の前にでも飛び出したら、次の瞬間には確実に礫死体《れきしたい》となっていただろう。ぶつかったのが人でよかったと思うべきなのかもしれない。

八扇《はちおうぎ》公園に人気《ひとけ》は少なかった。平日の午前中なんてこんなものだろうと思ったが、それでも散歩やスポーツのために訪れる人はちらほらと見かけた。

まずは確かめなくてはいけない。草平は昨夜のように何人かの前にあえて飛び出した。

「あのぉ……」「すみません」「こんにちは」「聞いてください！」

最後のほうはやけになって大声を出してみた。だが人々の視線は草平の身体を突き抜けて、遥か先へ焦点を合わせていた。

草平はその目を見ると気味が悪くなった。歩き去る彼らの背中を見送りながら、異常なのはぼくではなくあの人たちじゃないか、という錯覚すら抱きそうになった。しかし売店のガラス窓や池の水面を確認する度に、異常なのはやはりこちらなのだと絶望するのだった。

やっぱり夢じゃなかったか——乾いた笑いが口もとにこぼれた。

草平はびくびくしながら公園から出たが、町中も昨夜と比べればわりと平和だった。人ごみはないし、歩道を通ることに専念していればひとまず車に轢《ひ》かれる心配もなかった。ただ時おり背後から自転車や人が現れるのが厄介だ。

国道沿いを歩き、もう少しで学校に着くというとき、進行方向にジョギングをしながらこちらへ近づいてくる人影が見えた。歩道の幅は広くない。近づいてくるのは七十代くらいの小柄な男性だったが、走り方や着ているトレーニングウエア、握りしめたこぶしみたいな体つきから、恐ろしいほど運動慣れしている人間だと一目でわかった。

草平は歩道の左側、民家の外塀にべたりと背をつけてそれをやり過ごした。彼の鼻先を、見た目からは想像つかないほどのスピードで筋肉質の老人は去っていった、と思った。ふうと胸を撫《な》で下ろし、草平が歩き出そうとしたとき、背後にその老人がふたたび現れた。

足音に気づいた草平はとっさに飛び退こうとしたが、左足の指先に激痛が走った。

「——痛っ！」

老人はぴたりと足を止めた。しかし草平の悲鳴が彼に届いたわけでは決してない。「なんか踏んじまったか?」と呼吸を整えながら、シューズの裏を確認するだけだった。なんて迷惑なランニングコースを走るじいさんだ、と草平は涙目でにらんだ。道の途中でUターンするなんてよしてくれ。

「ぼくの足を踏みました……」草平は苦痛に耐えながら言ってみたが、彼はひょうひょうとした調子でアキレス腱をストレッチしていた。背後で少年がうずくまっていることに気づきもしない。

足の指はなんとか無事のようだった。老人が小柄だったのが幸いしたらしい。ふたたび走り去るその姿を見送りながら、草平は透明人間の弱さを痛感していた。今日までに読んだいくつかの小説に、透明人間や透明人間的な存在が登場することはあった。そういったストーリーの中では、姿を不可視化した人間、または機械は戦闘においてかなり優位に立てるという描写がほとんどだった。

しかし実際にはちがう――と草平は叫びたかった。こんなにも貧弱だ! 敵がいるならそれも最大限に効力を発揮できるかもしれない。しかしいまの自分はただ学校に行きたいだけなのだ。

ずいぶんと時間が経っていたらしい。ほうほうの体《てい》で草平が学校の校門にたどり着いたとき、時刻は昼休みに入ったばかりだった。中を覗《のぞ》くと、グラウンドでは一年生らしき集団が制服姿のままサッカーを楽しんでいた。いつも見かける姿だった。

昇降口へ向かおうとする草平の足もとに、サッカーボールが転がってきた。視線を上げると、ちょうどひとりの男子生徒がボールを回収しに走ってくるところだった。今日は夏のように暑く、彼はホコリまみれで汗だくだった。「悪い悪い」と言いながら駆け寄ってくる。もちろん草平へ向けた言葉ではない。

少し迷ったが、物は試しと草平は右足を伸ばした。つま先でちょんと撫で上げるだけの、ハエも殺せなそうな蹴りだったが、ボールは進路を反転させていった。

「――はっ?」男子生徒はギョッとして立ち止まった。彼はキツネにつままれたような顔で、ひとりでに戻ってきたボールと、草平が立っている空間へ交互に視線を送った。まるで理解していないらしい。

それは後方にいる他の生徒たちも同様だった。「おい見たか、いまの」「風じゃない?」「クルッと戻ってきたみたいな」「蹴ったような音がしなかった?」

首をかしげる一年生を横目に、草平はその場を後にした。反応は様々だったが、この程度のことから透明人間の存在に結びつけて考える人間などいるわけはなかった。

草平は二年五組の教室へ後方の扉から忍び込んだ。いざ入ってみるとひどく緊張した。呼吸が荒くなり、心臓が耳の近くに生えたかのようにうるさい。いまにも誰かがこっちを振り返るのではないかと思った。

教室には全体の半分くらいの生徒たちが残っており、彼らは昼食を食べている最中か、すでに食べ終えて雑談に夢中になっているかのどちらかだった。誰も草平を見ない。それがいつもの無視とちがうことだけはわかった。

青田《あおた》聖はやはり窓際前方の席に腰掛けて、友人たちとなにかを話していた。彼はあまり自分から席を移動しない。たいていは友人のほうから自分の席に集まってくるため、移動する必要がないのだ。いまはなにを話しているのだろう？　興味を引かれたが、しかし——すぐそこに見えているというのに——草平は聖のもとへ行くことができなかった。教室というのはこんなにも狭いものだったかと戸惑《とまど》った。

クラスメイトたちはいま数人のグループを形成して、海に浮かぶ島々のように部屋中に点在していた。彼らが特に理由もなく、気分に任せ、何気なくちょっと腕を伸ばしただけで、自分の身体に触れるかもしれないのだ。そうなったらきっと一大事だ。転がるサッカーボールが進路を変更するのとはわけがちがう。狭い空間というのは透明人間にとってあまりにも危険だった。

ただ、バラバラのその様子から、どうやら玉川《たまがわ》マキは不在らしいと草平は気づいた。彼女がいればもっとにぎやかで、人だかりができているはずだ。

仕方ないので、草平は教室の後方にあるロッカーの上によじ登った。スチール製の白いロッカーは生徒一人ひとりに割り振られたもので、二段重ねが横に二十組並んでいる。高さは腰ほどもない。体勢としてはきつかったが、草平はロッカーの上で膝《ひざ》を抱えるような格好になった。両足をぶらりと下ろすのが楽だと思うが、近くには談笑しているグループがふたつある。彼らがいつこちらに寄りかかってくるかわからないので気は抜けなかった。

透明人間になってからこんなことばかりしているな——草平はやりきれない気持ちになった。夜の町中で素っ転んだり、真っ昼間の道路で壁に貼りついたり、足を踏まれたりと無様《ぶざま》なことばかりだ。誰に見られるわけでもないがそれでも馬鹿馬鹿しくなってしまう。とにかく存在がバレてしまったらここからすぐさま飛び下りて、全力疾走で逃げてしまおうとだけ決めた。

草平は彼らを観察し始めた。

「こないだのお店、行ってきた」「あれ、ついに買ったんだ」「これすっげえおもしろかった」「弁当、足りねえや」「お母さんが言ってて」「日曜日に映画館で」「うそ、マジで?」「カラオケ行きたい」「ダウンロードしたよ」「勉強やってる?」「発売日いつ?」「マジ眠い」「ちょーおもしろい」「壊れたかも」「よく電車で見る」「ピアス空けた?」

あらゆる声が湯水のように教室中を満たしていた。

草平は単純に驚いた。いつもは本の世界にばかり逃げて、なるべく周囲の音を遮《さえぎ》っていたつもりだったが、彼らはどこにそれを隠していたのかと不思議に思うほど、次から次へとあらゆる言葉を吐いていた。

だけどそれにしてもおかしなものだ、と草平は自嘲《じちょう》した。目の前でにぎやかにくっちゃべる彼らは、これっぽっちも自分を見ない。だがいままでみたいに無視しているわけではない。見ることができないのだ。そう考えると、孤独感と優越感を少しずつ混ぜて煮込んだみたいな、ひどく奇怪な気持ちにさせられる。

しかし耳が近くの会話を拾ったことで草平の思考は中断された。

「今日、あいつ来ないみたいね」

「あいつ?」

「嶋《しま》」

「あぁ」

バレー部に入っている髪の短い女子と、肩までの髪にゆるいパーマをかけた女子だった。他の女子生徒のグループとは、少し距離を置いているようなふたりだったと草平は記憶している。いま、ふたりの視線は空っぽの席に向いていた。草平のものだ。

「やっぱ昨日のがこたえたんじゃね?」とパーマが言った。

「かもね。つーか青田と殴り合いになるなんて思わなかった」とバレー部が笑った。「でもさ、今日来ないでくれてよかったかも」

「どゆこと?」パーマは自分の髪を指でくるくるとかまいながら首をかしげた。

「なんかあいつがいると空気悪くならない? 無視しなくちゃって、みんなで示し合わせなくちゃいけないみたいな雰囲気になるでしょ」

「あーわかる」

「そういうのってダルいんだよね」

「わかるわかる」

「あたしは嶋とかマジでどうでもいいんだけどさ。だけど、クラスにイジメがあるってだけであんまり気分良くないし」

「それすっごいわかるぅ」

「結局、あいつがいなければそれでいいわけじゃん」

「うんうん。わかるー」

ふたりの会話はそこで終わった。数学教師のごま塩頭がやって来て、五限目が始まったのだ。それまで教室をたっぷりと満たしていた話し声は蒸発したように消え、授業は静粛に行われ始めた。カリカリというペンの音だけが、そこかしこから夏虫の鳴き声みたいにしていた。

不思議と悲しくはなかった。静かな空間を眺めながら、草平はむしろ満ち足りた気分になっていた。やっぱりそうだ。自分がいなければこのクラスはうまくいくんだ。聞きたくなかった陰口にはちがいないが、きっと全体としてはこれでよかったんだ——草平は自分自身にそう言い聞かせた。

ロッカーから音を立てずに下りた。幸い今日の暑さのために教室後方のドアは開かれたままで、草平が抜け出ることは容易だった。ひっそりとした廊下へ出た草平は振り返り、自分の席に視線を投げ、次に聖を見、そしてぐるりと教室全体を見渡した。

さよなら。もう二度と戻ることはないだろう。ここはぼくの居場所じゃなかったんだ。

学校を出ると草平の足は自然と自宅へ向いていた。

相変わらず道路には危険が溢《あふ》れているためにかなりの時間を要したが、なんとか夕暮れ前には無傷で着くことができた。家を飛び出して、一晩を外で過ごした甥《おい》のことを、叔母は案じているのだろうか。想像もつかなかった。

草平はドアノブに手を掛けて少しだけ回してみた。やはり鍵はかかっていない。嶋家では在宅なら鍵をかけないのがふつうだった。草平はドアを開く際にかなりの神経を使った。スチール製のドアは素早く動かせば動かすほど大きな音をがなり立てるのだ。

どうにか音を立てずに中へ入った草平はスニーカーを脱いだ。音を立てないための用心とはいえ、それを両手に持つと自分はまるで泥棒のようじゃないかと思った。

廊下の左手の部屋に叔母はいた。嶋和穂《かずほ》は亡霊同然となった甥に背中を向けて、いまは一心不乱にノートパソコンのキーボードを叩いていた。いつもと変わらない仕事風景だ。その背中からは甥の無断外泊に怒ったり、未だ行方知れずの身を心配したりする様子は欠片《かけら》も感じられない。

むしろ自分が帰宅しなかったことで、昨夜から現在にかけての叔母の仕事はいつもよりはかどったのではないか。草平は散らかった仕事部屋を見回しながら思った。叔母が家の中にひとりきりなら、当然ながら他に音を立てる人間はいない。集中して仕事に取りかかっているところで、火のついたコンロと野菜を刻む音を聞かなくて済むのだ。叔母の「うるさいわね」という言葉を聞いたのは数日前のことだっただろうか。

カタカタ……カタカタカタ……。叔母の指が奏でる音に耳をかたむけ、草平はしばらくその場に立ち尽くしていた。不規則に響くそれは降り始めの雨音みたいだ。そして時おりマウスに手を掛けて動かし、モニタに表示された幾何学模様に手を加える。その繰り返しだ。

「おばさん」

返事はない。

「おばさん」今度はもう少し大きな声をかけた。「ごめんなさい、おばさん。昨日は怒鳴っちゃって……」

叔母は無言だ。

「もうぼくは戻らないから——だから、これからはおばさんのしたいように……」

叔母は仕事に集中している。

「……それじゃ」

草平はアパートの外に出てから、今日はいつもより叔母のタイピングが静かだったことに気づいた。

願わくは、これからもずっとそうであって欲しいと思う。

世界は順調だった。

草平は、学校も自宅も自分がいなくなったことでより円滑に動いていると知り、諦《あきら》めにも似た充足感を覚えていた。時が経てば、そこにぼくがいないことに誰も気づかなくなるだろう。それが自然になるはずだ。いや、姿を消すことですべてが順調になるのなら、自分はそもそもいないほうが当たり前だったのかもしれない。これまでが異常だったのかもしれない。

夕暮れを迎える頃、草平は秘密の祠に戻った。朝と同様、やはりオセロの姿はない。しかし他の人間もいないために、ここがいまの彼にとって唯一の安全地帯と言えた。

祠に背を向けるように台座に座り、草平はさなぎのように縮こまっていた。これからどうするべきか――どこへ行けばいいのか――なにをすればいいのか――なにをしたいのか――わからない。ただなにか忘れているような気がする。クラスメイトと叔母の様子を見終えてから、なんとなく頭の隅に違和感を覚えていた。大事ななにかだった気がする。

しばらく記憶のページをめくっていたが、草平はハッと思い出して立ち上がった。

「――晴香《はるか》。そうだ、待ち合わせしたんだ……」

明日の放課後、図書館で一緒に勉強しようとぼくを誘ってくれた。待ち合わせ場所はいつもの公園のベンチだ。考える前に草平の足はすでに動いていた。

草平は公園の中を駆けた。テニスコートとゲートボール場を右手に見ながら真っすぐ進むと、木々の密度が濃くなって鬱蒼《うっそう》としてくる。ぐるりと回り込むように舗装された遊歩道もあるが、草平はそれを選ばず、あえて林の中へ飛び込んだ。樹木の根っこや茂みに足をとられながら突き進む。歩きづらいが他人にぶつかることは気にしなくてよかった。ここを抜ければベンチの辺りへ顔を出すはずだ。

晴香は待っているだろうか？　昨夜は約束の時間を決めなかったが、晴香が通う女子高と草平の高校の下校時刻は同じである。「学校を出たらここに集合ね」と言った、一年ほど前の彼女を草平は思い出した。それは別々の高校へ進んでから数週間後のことだった——久しぶりに会おうと彼女のほうから連絡をくれたのだ。いままではそれが待ち合わせるときのルールになっていた。

いまは何時だ？　わからない。だけど下校時刻から二時間近くが経とうとしているのではないかと草平は推測した。待っていなくていい。目の前に飛び出してきた小枝をはね除けながら草平は思った。待つ必要はない。もう晴香とは顔を合わすことすらできないのだから。

しかし、草平が一段と茂みの濃い場所をかき分けたとき、木立の間に彼女の姿を垣間見た。距離はあるが、ベンチに腰掛けてじっとしているその姿は、間違いなく栗沢《くりさわ》晴香だった。

——どうして？

息を切らせながら近づいた。どうして待っているんだ。早く帰ってくれ。戸惑いながら、草平はなるべく音を立てずに距離を詰める。しかし靴の裏には折れた枝や草葉があって静かに移動するのは難しかった。

そもそも近づいたところでなんの意味もない。しかし一度彼女を目にしてしまうと、草平を支える二本の足は止まろうとしなかった。だが木々をかわしながら——角度を変えながら——ベンチをふたたび目にしたとき、彼女のとなりに座る人影を見た。

「……え?」

晴香のとなりにいるのは聖だった。

混乱する頭を抱えながらも草平の視線は釘付けになっていた。聖はとなりに座る晴香になにか語りかけているようだ。彼の口もとからそれがわかる。晴香は黙って耳を傾けているようだ。だけど声は聞こえない。もどかしかった。ふたつの姿が寄り添う光景はまるで映画のワンシーンみたいだった。

草平は動揺していた。落ち着け。ふたりは恋人同士だ。彼らだけで会うことはなにもおかしいことじゃない。むしろ晴香がぼくと会うことのほうが変じゃないか。落ち着け。いまさらそのことを嘆いてもなんの意味もない。それよりも晴香がひとりっきりでなくてよかった。じきに暗くなる。帰りはきっと聖が送ってくれるだろう。

ざわつく心を胸に感じていたが、いい加減にやめよう——草平は自分に強く言い聞かせた。こんなことをしてはいけない。覗きなんて駄目だ。晴香が幸せならそれでいいじゃないか。邪魔な——哀れな——もうひとりの幼なじみはすでにいないのだ、と草平が視線を外そうとしたときだった。

それまでこちらを向いていた晴香が、不意に聖のほうへ顔を向けたのだ。一瞬のことだった。聖も横

を向いて彼女と視線を合わせ、さっと身を乗り出し、ふたりの距離が縮まって、そして――。

草平はとっさに顔を背けたが、遅かった。

見てしまった。その瞬間を見てしまった。頭の中が真っ白になった。

ふたりに視線を戻すこともせず、草平はすぐさま来た道を引き返した。とにかくここから距離を置かなくてはならない。こんなところにいたら自分はどうにかなってしまう。そして生い茂る薮《やぶ》から抜け出し、公園からも抜け出すと、ろくに前も見ずに草平は走り出した。自転車だろうがトラックだろうが、自分を轢くというのならそれもいいだろう。だがまぶたの裏に焼きついたキスシーンは、もうどうあがいても消え去りそうになかった。


公園にも、そのすぐそばにある祠にもいたくない。いまはとにかく遠くへ。

草平は駅にほど近い路地へ逃げるように行き着いた。もう数時間もビルとビルの間にある狭い空間に身を隠しており、その間なにをするでもなくただ爪を噛《か》んでいるのだった。

人気《ひとけ》のない寂れた路地だ。夜は車も滅多に通らない。道の両側は、小さな事務所などが入った雑居ビルが軒を連ねている。華々しい商店や飲食店はない。当然、いまはどこもシャッターを下ろしている。

時刻は十時に差し掛かるところだとわかった。通りの反対側にはすでに看板を下ろした古書店があり、その店内に壁掛け時計が見えるのだ。

これからずっと野宿をしなければならないのだろうか。死ぬまでずっと？　誰とも会話できぬまま？

草平はぶるりと全身を震わせ、大海原に浮かぶ漂流者を自然と思い描いた。どこにも辿《たど》り着けぬまま、目の前に広がる三六〇度の視界、そのどこにも自分を見つけてくれる人間はいない――その事実を嫌でも突きつけられる絶望の状況だ。

人口の多い町のど真ん中でそんな想像をするなんて、皮肉な話だと思った。

しかしとにかくいまはへとへとに疲れていた。ビルの軒下には手ごろな空間があり、ついに我慢の限界を迎えた草平はそこにへたり込んでしまった。地面にどかりと腰を下ろすと、身体中の毛穴から疲労という液体が溢れ出すようだった。それは首に、肩に、腕に、脚にまとわりついて、全身を重くさせていった。

もうどうなってもいいからこのまま眠ってみようか――だが身体をシャッターに預けて目を閉じかけたとき、耳が小さな声を拾った。

「――ミャア」

かすかな響きだった。どこかから聞こえる。なにかが存在を訴えている。だがその覚えのある鳴き声は、ひょっとしたら友人のものかもしれない。そう思い当たり、草平がふたたび目を開けて空を仰ぐと、奇妙なものをそこに見た。

時計台だった。

向かい側に立ち並ぶ雑居ビルの上部から、にょっきりと生えているようにそれは建っていた。ぼんやりと下方からの明かりに照らされて、浮かび上がるような、異様な雰囲気をかもし出している。草平の目にはそれが非現実的な光景として映った。ああ、なんだ、夢を見ているんだとぼうっと眺めていた。

「ミャア」とふたたび聞こえた。

いや、これはまだ夢じゃない。草平は首をしゃんと伸ばし、ふたつの目をこすった。「……あんなもの、あったかな?」

どういうわけか時計盤には針がなかった。一度見たら忘れられなさそうな造形だが、やはり見覚えはない。では新しく建てたのかと推察できそうだが、こんな路地にあんな目立つものを新しく建築するものだろうか。なにより、時計台そのものにかなりの年季が入っているようだった。

不思議と眠気が薄らいで来た。身体中にくくりつけられた糸が引っ張られるみたいに、草平は立ち上がっていた。そして道路をふらふらと渡った。

ビルとビルの間にできた、真っ暗な隙間の前まで来て草平は立ち止まった。向かって右側は古書店を一階に据《す》えたビルで、左側も同じような雑居ビルだ。この間を行けば時計台のふもとへ辿り着けそうだと思った。そして小さな声もこの中から響いてきた気がする。草平は鼻から息をひとつ吐いて、隙間《すきま》へ潜り込んでいった。

路地裏は濃密な闇で満ちており、ほとんどなにも見えなかった。湿った夜の空気がひんやりと肌を撫でる。足もとにもガラクタがたくさん落ちているらしく、一歩踏み出す度《たび》につまずいてしまう。どうしてここまで気になるのだろう。こんなに疲れているのだから放っておけばいいものを――しかし時計台とその声が気になって仕方ないのだ。それなら正体を見極めてから眠ることにしようと草平は決めた。

「ミャア」

すると闇の奥からまた聞こえた。やはりここにいる。距離はそれほど離れていないように思える。

「……オセロ？」

草平自身も半信半疑だった。鳴き声のみで他の猫と聞き分けられるほどの自信はない。しかしその愛らしい響きによって彼女を思い出したのだ。

ビルの谷間の窮屈な道は入り組んでいた。

「あれ？」真っすぐ行ってから一度だけ右に曲がって上を見上げると、時計台はいつの間にか背後に位置していた。どこかで通り過ぎてしまったらしい。

真っすぐ引き返してしばらく歩いた。そしてまた見上げると、

「……どういうこと？」

時計台はまたも背後にそびえ立っている。いったいあれはどこに建っているんだ？　草平は長いこと路地裏を行ったり来たりしていたが、ふと暗闇の中に一筋の明かりが洩れているのを見つけた。

それは雑居ビルの壁だった。

目を凝らすと、のっぺりとした壁には昇り龍のようなひび割れが、地面から草平の身長の倍ぐらいまで上へと伸びていた。光はそこからのものだった。

ビルの中が見えるのか？　だとしたらひどい欠陥建築だ。草平は興味本位でそのひび割れに顔を近づけた。

途端に前方に引っ張られる力を感じた。巨大な手に身体をつかまれるような抗いようのない力だ。壁にぶつかると思った。しかし草平の全身はもっと先、ひび割れの奥へと吸い込まれていった。

叫ぶ暇もなかった。

# 第4章 こんなぼくを導いて

Invisible

ぐっと閉じていた目を恐る恐る開け、そこに広がっている光景とその意味を確かめると、草平《そうへい》は愕然《がくぜん》とした。

「……なんだ、ここ？」

いつの間にか明るい大通りのど真ん中に立っていた。

開いた口が塞がらない。自分はいまのいままで裏路地をさまよい歩いていたはずだ——それがどうして？　口を閉じることも忘れ、草平は視線をあちこちへ走らせた。

見たこともない街だ。通りの両側に立ち並ぶビルはどれも古めかしくて、草平の自宅である築二十年余りの集合住宅よりも、遥かにボロッちい。明かりがなければまるで廃墟に見えたことだろう。肩を並べたそのビル群は、道のずっと奥まで続いているようだ。その先は遠くてよく見えなかった。

人間もいた。ただ歩いている者やこそこそと立ち話をする者、道ばたに座り込んで飲んだくれている者などと様々だ。けれど、誰も草平のように呆気にとられたような顔を見せたりしていない。しかし彼らの様子は、草平が知る町の住人とは少しちがうように思えた。

草平はハッと気づいて振り返った。目の前に巨大な壁があった。上を見上げた。天に届きそうなほど高くそびえ立った堅牢な壁である。昇り龍のひび割れがそこにもあった。雑居ビルの壁にあった亀裂ととてもよく似ている。

わけがわからない。

頭の中が疑問符で埋まっていく気分だった。突然、透明人間になったかと思えば、いまは見知らぬ街に迷い込んでいる。ここはいったいどこなんだ？　これは夢なのか？　だとしたらどこから夢だったのか？

「ああ……くそっ――」

踏んだり蹴ったりだ。草平は泣きそうになった。なぜ自分だけこんな目に遭《あ》うのだろう。仕掛人がどこかに潜んでいるのなら一刻も早く顔を出して欲しい。元に戻してくださいと泣いて懇願したっていい。

しかしどうせ誰も答えてくれやしない。

鉄壁のように揺るがない現実を思うと、なんだか無性に腹が立ってきた。透明人間になってからの初めての感情かもしれない。よく考えてみれば、透明人間なら好き放題できるんじゃないか。怒りによっていままでとはちがった考えがふと生まれた。自分の姿は誰にも見られることはない。つまり誰に咎《とが》められることもなく、絶対的な安全圏から自分のやりたいことをやれるはずだ。

手始めはこの見知らぬ街だ。好きなように歩き回ってやろう。身勝手に。傍若無人《ぼうじゃくぶじん》に。もうどうなったっていいんだ。半ば自暴自棄になった草平は思い切って振り返り、ようやくその見知らぬ街へ歩み出そうとした。

瞬間、ドスンという音と共に、脳天から足もとへ向けて衝撃が駆け抜けた。それは意識を根こそぎ奪うような――。

映画みたいに唐突に場面が切り替わった。草平にはそう思えた。

いつの間にか目を覚ましていた。しかし目の前の天井にまったく見覚えがなかったせいか、記憶を引き出すのにかなりの時間を費やした。

ようやくこれまでのことを思い出した瞬間、草平は飛び起きた。弾みで、それまで身体に掛けられていたらしい布団が跳ね退いた。

「――あ痛っ……」頭頂部に稲妻が走ったかと思った。草平はとっさに両手で頭を押さえた。「いたたたた……」

激痛に呻いていると、

「ごめん、なさい」

「――えっ？」驚いて顔を上げた。

ぽかんと惚《ほう》けた草平をじっと見据えるひとりの少女が、板張りの床の上で膝《ひざ》を抱えていた。

「ごめん、なさい」と彼女はふたたび言った。

誰だっただろうか。両手で頭を抱えながら草平は涙目でよく見てみた。しかし知らない女の子だとすぐに思い直した。まったく記憶にない顔である。すらりと痩せていて、肌は少し色黒だ。タンクトップにデニムのパンツというラフな格好をしていた。

草平は彼女のふたつの目をじっと見つめた。彼女もまっすぐこちらを見ていた。確かにふたりの視線はいま確実にぶつかっていた。

そしてついにその事実に気づくと衝撃を受けた。

「……きみは——」草平の声が震えた。「——ぼくが見えるの？」

少女はこくりとうなずいた。長めのショートカットが揺れた。

草平は感激のためにしばらくなにも言えなかった。胸を揺さぶられてどうしようもなかった。やがて、「よかった……」と、のどの奥から本心が漏れた。本当によかった……。涙が出てくるところだったので、閉じたまぶたにグッと力を込めなければならなかった。

「なにが、よかった？」と少女が言った。

草平は首を振った。「なんでもないんだ……。ただ、馬鹿みたいな話だけど、自分が透明人間になったかと思っていて……」

そう口にしてしまうと照れくさくなり、少し笑ってしまった。あれはすべて悪い夢だったのだ。人間が透明になるわけがない。こうして他人に姿を見られているのだから現実じゃなかったんだ。

しかし、いったいどこから夢だったのだろう。いや、その前にここがどこなのか把握するのが先だ。

草平は目頭《めがしら》をこすり、部屋の中をざっと見回した。

質素な板敷きの部屋である。草平は自宅に六畳間のひとり部屋を叔母からあてがわれていたが、そこよりもやや狭い。天井から傘のついた裸電球がぶら下がっており、部屋の隅に粗末な座卓が置いてあるだけで、他にはなにもない。建て付けの悪そうなガラス窓と、反対側にある引き戸が外部へとつながっているようだ。その窓の磨《す》りガラスから溢《あふ》れる光を目にし、ようやくいまは昼頃なのだと認識できた。

なにがどうなって自分はここにいるのだったか、草平は記憶を探ろうとした。

「透明人間、よ」

ぽつりと聞こえたその一言はとてつもない違和感を内包していた。草平はゆっくりと少女の顔に目を戻した。

「……え？」

少女は笑いもせず、恥ずかしがりもせずに繰り返した。

「透明人間。あなたも、わたしも」

草平は見知らぬ少女の顔をまじまじと見た。嘘や冗談を言っている感じはない。今日は雨よ、という口調だった。

「なにを……。透明人間なんて――」草平は精いっぱいの笑顔を作ろうとした。自分から言い出したことなのにそれを忘れていた。「――そんな馬鹿な。だとしたら、どうしてきみには……ぼくの姿が見えるんだ？」

しかし少女はにべもなかった。「見えるもの、なの、透明人間同士《どうし》は」

「……信じられないよ、そんなこと」

少女が腰を上げた。「立って」

そう言うと彼女は天井の裸電球を点けた。草平も頭を揺らさないように慎重に立ち上がった。

「足もと、見て」と少女が言った。

「なに？」草平は自分の足を見下ろした。ぺらぺらの敷き布団の上に、裸足がふたつある。ちらりと部屋の隅へ目をやると、自分の靴が置いてあった。見たところこの部屋には玄関というものがないらしい。

「わかった？」と少女。相変わらず顔には表情というものが乏しい。

「……え、なにが？」草平は顔を上げた。

「影がない、でしょ」

「影？」草平はもう一度視線を下げてようやく気づいた。確かに自分の背後の床には影がなかった。

「……どうして？」

「透明人間、だから」

そう話す少女の足もとにも影はなかった。明かりの灯った電球が目の前にあれば、いくら白昼の室内だろうと影はできるはずだ。ぼくはずっと気づかなかったのか。学校に忍び込んだときも、叔母を見に自宅へ行ったときも、公園でも、自分には影がなかったということか。

「透明人間……本当に……」

「一緒に、来て」

「ここはどこなの？」草平は少女の声を遮った。「きみはどうやって暮らしてるの？　暮らしていけるの？」

「ここは透明街《とうめいがい》、だから」

聞き慣れない単語に草平は面食らった。

「……とうめいがい？」

「透明人間、の街なの」少女はおもむろに部屋の窓を開けた。「見て」

用心しながら恐る恐る顔を出すと、昨夜見た大通りを階上から見下ろす形になった。この部屋はどうやらおんぼろビルの一室らしい。草平は右手に通りを阻《はば》む壁を見た。昇り龍のひび割れを持った巨大な壁は、ここから見てもやはり巨大だった。また街路には昨夜よりも人が多くいて、それなりに活気もあった。

「……みんな、透明人間なの？」

上から見下ろすと、道行く彼らの足もとに影がないことは一目瞭然だ。空は晴天である。しかし意識しなければ影がないことには気づかなかった。その対象が他人であれ自分であれ、影があることを確認しながら生きる人間はきっと世の中にはあまりいない。

「そう。ここで、暮らしてる」少女が草平の背後でつぶやいた。彼女のゆっくりとした口調は特徴的だった。ただのろいというわけではなく、糸で紡ぐみたいに合間合間に小休止が入るのだ。

窓から顔を引っ込めた草平は、部屋の隅に置いてあった靴を拾い上げた。中に無造作に靴下が突っ込まれているのを確認し、それをはこうとした。

「どこへ？」と少女。

「帰るんだ」と答える。こんな気味の悪いところにいるのは堪らなかった。

「どこに？」とふたたび少女が言う。

「どこにって……」部屋を出ようとした足が止まった。

家だよ――という言葉が出て来なかった。透明人間が今さらどこへ行こうというのか。そもそもいままでの生活に、果たして自分は戻りたいと思っているのだろうか。

「来て欲しい、の」

草平は振り向いた。「……どこへ？」

「みんな、のところ」

みんなとは誰だ？　だけど草平は他にも訊《き》くべきことがあったのを思い出した。

「……きみの名前は？」

「里稲《りいな》」と少女は端的に答えた。

透明街のビルの内部は恐ろしいほど複雑だった。

部屋を出て、里稲と名乗る少女についていく途中、草平は意表をつかれることが幾度となくあった。横幅が五十センチもない通路や、屈まなくては通ることができないほど低い天井、片足をとられかねない落とし穴などが現れ、そして全体的に暗かった。そこでようやく採光窓というものがないことに気づいた。薄ぼけた電球や切れかけの蛍光灯が申し訳程度に取りつけてあったが、照明として充分とはとうてい言えない。草平は二度ほど身体をどこかにぶつけていたが、自分がなにに接触したのかわからなかった。

天井には無数の電線や配管らしきものがずらりと並んでおり、真っ暗な通路の奥へ奥へと続いていた。視線をおよそ一八〇度下げると——雨漏りなのか配管からの結露なのか——床にはところどころに水たまりもあった。さらに横に視線を移せば、シミだらけの内壁が剥がれていたりする。

湿っぽくカビ臭い空気を吸い込むと、草平はなんだか巨大な生物の腹の中に迷い込んだみたいだと思った。

「ぼくはどうして気を失っていたの？」狭い階段を下りながら、気を紛らわすために前を行く背中に問いかけた。階段は一歩進む度にギイギイと悲鳴を上げていた。

「わたしが、ぶつかった……から」

ごめんなさい、と彼女は小さな声でつけ加えた。ぶつかっただけで気絶するほどの衝撃になるものだろうか、と草平は頭部を手でさすった。痛みは引いてきているようだ。

「……きみのことはなんて呼んだらいいかな？」

「里稲」と少ししてから返答があった。「みんな、そう呼ぶ、から」

苗字はないのかと思ったが訊かなかった。

「じゃあ、ぼくのことは草平と呼んで。ぼくの名前は嶋《しま》草平っていうから」

「わかった」

ぼくの場合、そう呼ぶ人間は少なかったけど——草平は心の中でつぶやいた。

階段が途切れたところで、急に里稲の前へ老人が飛び出してきた。草平は声こそ出さなかったが予期せぬ出現にぎょっとした。だらしなく伸びっぱなしのランニングシャツを着た、おじいさんなのかおばあさんなのか判別しかねる老人だった。

「行こう」と、里稲は足を止めない。

「あ、うん……」草平も彼女に続いた。

ちらりと見ると、老人は虚ろな目を宙に向け、通り過ぎるときに酒の匂いがぷんと鼻をついた。

すぐに別の階段を見つけ、そこを下りてやっと建物の外に出ることができた。晴れやかな気分に浸りながら草平はまぶしい光に目を細めた。時間にすればほんの十分ほどだったと思うが、薄汚れた暗闇を歩く行為は精神的にかなり疲労した。

「次はどっちへ行くの?」

里稲は答えなかった。草平は彼女の視線を追って通りの奥へ目を向けた。そこにはいくつかの人影が道のど真ん中に集まっていた。なんだろうと見ているとさらに人が加わり、たちまち大所帯になった。距離を空けてそれを遠巻きに眺める人間もいた。

近づくと喧騒《けんそう》がまず耳に届いた。なにやら穏やかではない雰囲気だった。

「ケンカ?」と草平は訊いた。

間を置いてから里稲はこくりとうなずいた。

集まっているのは二十人弱の若者だった。乱闘こそ起きていないが一触即発の雰囲気で、現場は沸騰間近のヤカンみたいに殺気立っている。草平にはその境界線がはっきりしなかったが、彼らが言い争う怒号を解釈すると、ふたつのグループによる対立のようだ。草平は辺りを見回した。道の両側には大人や老人たちがいるが、なぜか彼らには動く気配がない。一升瓶を腕に抱えていたり、将棋盤を間に置いてベンチに腰掛けていたりとのんき極まりない。山や川でも眺《なが》めるみたいにぼけっとしていた。

その若い集団が対峙する理由など草平にはわかるはずもなく、また興味もなかったが、かといってそこを後にすることもできなかった。里稲がどういうわけか動こうとしないのだ。右も左もわからないこの街で、ふたたびひとりを選ぶほど草平は自暴自棄になっていなかった。

「なめてんのか!」

人だかりの中心からひときわ大きな怒声が響いた。

「てめえこそ！」

張り合うようにまた聞こえた。両の肩から腕にかけてヘビみたいなタトゥーを入れた少年と、丸く肥満した短い金髪の少年が、人だかりの中央に立ち、鼻先がぶつかるほどの距離でにらみ合っていた。辺りに走る緊張感は彼らから発せられているようだった。

彼らがそれぞれのグループのボス同士なのだろうか。草平が様子を窺《うかが》っていると、タトゥーの少年が金髪の顔面をぼかりと殴った。周囲の人間がぎょっとした。だが金髪も負けじとタトゥーの腹に、大きなこぶしをお見舞いした。タトゥーの身体がくの字に曲がった。よほど深いところにめり込んだのか、腹を両手で抱えて苦しそうだ。しかし彼が体勢を戻す前に、すでに火はついてしまった。

「ふざけんな！」

「ぶっ殺す」

「クソ野郎がっ」

「かかってこいや！」

耳を塞《ふさ》ぎたくなるほどの罵詈雑言《ばりぞうごん》が飛び交う中、殴り合い蹴り合いの格闘があちこちで始まった。最初は火花のようだった争いはたちまち燃え上がり、そして一気に大乱闘に様変わりした。

おもちゃ箱をひっくり返したみたいにしっちゃかめっちゃかだ。とんでもないことになった。おろおろする草平と里稲の目の前で、ひとりの少年が顔面にこぶしを叩き込まれて仰向けに倒れた。殴ったほうの少年はすぐさま馬乗りになって、さらに追い打ちをかける。ふたりは自分よりも年下に見えたが、草平は止めることもできなかった。

ひどい有り様だ。乱闘というより抗争と言い換えたほうがいいかもしれない。それほど殺伐としていて荒々しい。巻き上がる土ぼこりの中、道の脇には早々とノックダウンした少年たちがうずくまったり倒れたりしていた。顔や身体から血を流している者も見られた。意識を半《なか》ば失いかけているのか、虚ろな目をぼうっと空中に向けている者も。

とんでもないところに来てしまった、と草平は打ちのめされていた。里稲は相変わらず無言で騒動を見ている。ひとまずはこのケンカが収まるまで、ここで野次馬になっていなければいけないのだろうか――気を揉んでいたときだった。

「――そろそろやめてくれないかな」

背後からゾッとするような冷たい声がした。

声はそれほど大きかったわけではない。それなのに辺りは時間が止まったみたいになり、衣擦《きぬず》れの音すら遠くへ響いていきそうな静寂を取り戻した。

草平はおっかなびっくり振り返った。道の先にはひとりの少年が立っていた。

口もとに小さな笑みを浮かべ、少年は歩き出しながら言った。

「キミたち、これで何度目だい？」

声はやわらかな抑揚だったが、南極に吹く風みたいに冷ややかにも聞こえた。

脇を通り過ぎていくその少年の顔を間近で見た瞬間、草平はなにか記憶に訴えるものを感じた。しかしそれがなんなのかはすぐには思い出せなかった。

彼は不良グループを目の前にしても淡々としていた。

「今日はいったいどんな理由なのかな？」

右のまぶたを腫らしたタトゥーの少年が、おずおずと声を発した。「あいつらが突っかかってきたんだぜ」

「ちげえだろ！」口の端から血を流しながら、太った金髪の少年が抗議の声を上げた。「そっちがガン飛ばしてきたんだろうがっ」

「んだとぉ？」

「誤摩化すんじゃねえ！」

わーわーとふたたび言い争いが始まりかけた。しかし、

「黙ってくれない？」と、その少年の一言でぴたりと彼らの動きは止まった。

誰もが顔を互いに見合わせて肘で突つき合っていた。早く少年に釈明しろ、と目が語っているようだった。

「……悪かったよ、セイジ」ついに金髪が顔をうつむけて言った。気弱になったその様子から、丸まると肥えた身体がひと回り小さくなったかのようにも見えた。「つい、その……な。許してくれよ」

だが草平の耳は彼の言葉の一点にのみ注意を向けていた。いま、セイジと言ったか？　その名前には聞き覚えがある。

少年はふうと溜め息をついた。

「ここで許してもまた繰り返すんじゃない？」

タトゥーと金髪が首をぶんぶんと振った。「もうやらねえよ。本当だ。信じてくれ！」

「どうかな」とセイジと呼ばれた彼は冷淡だ。

三人はすぐそばで話し始めたが、そのとき草平はセイジの背後に立つ人影を見た。

鼻からぼたぼたと血を垂らし、おぼつかない足取りで身体を起こす。先ほど相手に馬乗りにされてぼこぼこに殴られていた、中学生くらいの少年だった。着ていたTシャツはずたずたに破れていたがそれを気にする様子はなく、血走った目を左右に走らせていた。

なんとなく、ふつうの状態じゃないとその目を見て思った。少年のふたつの目がセイジを捉《とら》えたとき、彼はゆらゆらとおぼつかない足取りで歩み寄って、腕を振りかぶり、そして——

「——危な」

い、という言葉は出てこなかった。草平は反射的に飛び出していた。振り返ったセイジの顔を近くで見た。やっぱり本物なのか、と思った。でもどうしてここにいるのだろう。頭が瞬間的に高速で回転していたようだったが、次の瞬間、草平のまぶたの裏に火花が散った。

ガツン！　という衝撃に頭が揺れて草平はその場に倒れた。辺りがわっとどよめいた気がするが、それは距離を隔《へだ》てたところから聞こえてくるテレビの音声みたいだった。ぼくは殴られたのだ。だけどほんの一発だけだ。たいしたことじゃない。しかし草平は立ち上がることができなかった。どういうわけか身体に力がまったく入らないのだ。頭は腕や脚に対して力を入れろと指示を出し続けているのに、言うことを聞かない。まるで全身が泥くずでできているみたいだ。

「キミ、大丈夫かい？」

仰向けになった草平の視界に影がひょっこりと現れた。大丈夫か、だって？　大丈夫なんかじゃない。視界がかすんで意識が朦朧《もうろう》としてきた。

「巻き込んで悪かったね」と影がふたたび言った。

もうどうでもいいんだ、と草平は思った。このところ巻き込まれてばかりなんだ。

気絶していたのかしていなかったのか、よくわからない。ただ意識と視界がぴたりと合ってふと身体を起こしたとき、いつの間にか自分が室内にいることに気づいたのだった。

「あ、起きた」

声の先を見ると、足もとに中学生くらいの男の子が座っていた。髪がハリネズミみたいにツンツンと逆立っている。草平の顔をじろじろと覗《のぞ》き込んで「やっぱりたいして腫《は》れてないな」と言い残し、離れていった。

壁際のベンチに寝かされていたらしい。脚を床に下ろして、草平は辺りを見回す。バー、というところなのだろうか。そんなところに行ったことなどないが、映画やCMで見かけたことはある。薄暗い室内や照明、部屋の造りから、やはりバーという言葉が適切だと思われた。奥には長テーブルが五、六個置いてあり、何人かそこに座って会話をしている。視線を横にずらすと、ざっと十個ほどの丸いイスがカウンターに沿って置かれてあり、中央のひとつには少年が座っていた。こちらを向いていた。

「やあ」

セイジと呼ばれていた少年だ。灰色の髪の下には中性的な顔があり、一見すると女性に見えなくもない。切れ長の瞳、細く高い鼻など美形という言葉が相応しいと思った。長袖のシャツを腕までまくり上げ、細身のパンツに通した脚を組んでいた。ラフな格好だが不思議とモデルみたいだなと草平は思った。

「災難だったね」と彼は草平の目を見て言った。「里稲から聞いたよ。ここに来たばかりなんだろう？ さっきは悪かったね。彼は頭が熱くなってただけなんだ」

「えっと……」草平は呻いた。少年の言葉はちゃんと聞こえているのだが、起き上がったばかりの脳ではその意味を咀嚼《そしゃく》するのに時間がかかった。

はっきりしない頭を手でさすりながら、草平は部屋の中をもう一度見回した。隅に置かれたイスに里稲が座っていた。なにをするでもなく、ただそこに座っていた。そういう置き物かと思うほど静かだった。

「殴られたところは大丈夫かい？」

ハッとして、草平は頭をさすっていた手を左の頬に移した。頬骨の下部がじんわりと熱を帯びているようだったが、たいしたことはないだろう。

「理由は知らないけど、すでに怪我《けが》をしていたみたいだね。治っているようだったから包帯は外したよ」

聖とのケンカの負傷で腕に巻かれていた包帯もなかった。だけどそんなものはどうでもいい。頭の中がクリアになると、草平は少年にようやく視線を合わせた。

「……《clouds》のセイジ、だよね？」

ほとんど勝手に舌が動いてしまった。テーブルについていた数人も口を閉じ、部屋に沈黙が落ちた。

だが草平は彼らを気にする余裕はなかった。目の前にいる少年は、ロックバンド《clouds》のボーカルにそっくりなのだ。以前、晴香に動画を見せてもらったことがある。ネットの動画サイトにアップされたその映像を、草平は思い出していた。

当の本人は無言で草平を見据《す》えていたが、やがて口もとにかすかに感じとれる程度の笑みを浮かべた。

「《clouds》を知ってるんだね」

「やっぱりセイジ――あ、セイジさん……？」

「呼び捨てでいいさ。それよりもキミの名前も教えてくれると助かるんだけど」

「あ、草平――嶋草平……です」

「草平か。そう、ボクはセイジだよ。確かに《clouds》のボーカルだった。ここでもそう呼ばれてるから、草平も呼んでくれればいい」

　彼があまりにも当然なことのように言い切ってしまったので面喰らい、草平はそれ以上なにも訊けなくなった。部屋はすでに沈黙を守っていなかった。近くに来てなんとなく成り行きを見守ろうとする者もいたが、すでに興味を失って会話を再開する者もいた。

「それで、草平はどこまで里稲から聞いているんだ。ボクたちのことやこの街のことを」

　草平はもう一度里稲に目をやった。しかし動く気配はなかった。他の少年たちも会話に入ってこようとはしない。テーブルのほうでは数人がトランプ遊びに興じていた。

「それは、えっと……」

　未だ草平にとって現実的でないその単語は、簡単に口にするのもためらわれた。

「透明人間――」セイジはその胸中を読んだかのようだった。「――ボクたちは透明人間だ。そこにはキミも入っているよ」

「と、透明人間については少しだけ……。でもぼくはまだ……なにも知らないんです。だから……」

「教えて欲しいと」とセイジが言った。

草平はうなずいた。

「それと、この街（?）についても」

「ここは透明街さ——透明人間の住む街だ。ボクたちはここで協力して暮らしている」

「そうじゃなくて、いや、それも大事だけど……どうしてこんな街が存在するんだい？　どうやって、というか……。ぼくにはそれがわからないんだ」

とにかく、とても現実とは思えないのだ。

「それは透明人間についても言える」とセイジは落ち着いて言った。「だけど、ボクたちは自分たちについてほとんどわかっちゃいないのさ。ただ気づくと身体が透明化していた。そしてふらふらとこの街まで歩いてきていた——ほとんど無意識でね。実際のところ、透明人間は矛盾した存在だよ。眼球すら透明なのにどういうわけか視界を保てている。この街もそうさ。路地裏の中に空間が隠されているなんて非科学的だよ。だけどそれらについて話し合うことは滅多にないね。ああでもないこうでもないって原因を推測するのは、もう腐るほどやっているんだ。大昔から住人は」

「……大昔?」草平は素っ頓狂な声を上げた。

「こういう街が大昔から存在するって話もあるのさ。草平は『桃花源記《とうかげんき》』っていう、中国の古い作品について聞いたことはあるかい?」

「陶淵明《とうえんめい》の？」予期せぬ質問だったために、かえって反射的に答えてしまった。

「そう、それ。読んだことは？」

「ほんのちょっとだけど……」と草平は遠慮がちに言った。

実際、熱心に読んでいるというわけではなかった。陶淵明という古代中国の文学者について書かれた新書を、ちらりと眺める程度に目を通したことがあるだけだった。

「桃源郷《とうげんきょう》って言い換えればたいていのやつらはわかるんだけどね」セイジが話し始めた。「漁師の男が船で川を上っていくと、桃の花が咲き乱れた見知らぬ場所に出たってところから始まる。山腹にあった洞穴を抜けると、そこには奇妙な村が広がっていた。村人たちは、当時の世界のことや情勢についてなんにも知らないんだ。男が尋ねると、遥か昔に村人たちの先祖がその地を開拓して以来、たいした発展もしないまま、外に出ることもせず生活を続けている――と答える。だが村人たちは誰もがその隠された空間で幸せそうに暮らしているんだ」

セイジは話を続ける。

「日本にも、柳田國男《やなぎだくにお》が編纂した『遠野物語《とおのものがたり》』に『迷い家』っていう伝承がある。山の奥深くに迷い込んだひとりの女が、そこに豪華な邸宅を発見して中に入るけど、生活感があるのにどういうわけか人の姿を見つけられないって話さ。そういう異界についての伝承はまだまだある」

「セイジがまた難しい話してるぅ」と近くにいた少女が言った。短いスカートをはいた同年代の女の子だ。「意味わかんなぁい」

「……どういうこと？」草平は少女からセイジに視線を戻した。話の行く末がわからなかった。それに、どういうわけかふたたび気分が悪くなってきた。ベンチに腰掛けたままだったが、横になりたくなってきた。

「これらの話は、透明街を見つけた人間の話ってことだろうとボクは思うんだ。ということは、透明人間も大昔から存在しているはずだ」

「……でもきみは透明人間ではなかっただろう？　きみが出ている映像をぼくは何度も見た」

「もちろんそうさ。ボクも外界《がいかい》の人間だった。キミも他の住人も」

「外界？」

「外の世界——これまでボクやキミが住んでいた世界をそう呼んでいる。だけどある日、ボクはその外界で透明人間になった。ここにいる住人は全員そうさ。あるとき、気づいたら自分の姿が誰の目にも映っていなかったってね——老若男女、関係なく。それに素質や遺伝が関与しているのか判断できないけど、ひとつ言えることは、透明街の住人は外界でわけありな生活を送っていたってことさ」

セイジの言葉にはわずかにためらいの色があった。

「……わけありって？」

草平は周囲にいた他の少年少女に目を配った。セイジがその様子を見て、静かに笑った。

「犯罪に関わっていたって意味じゃない。なんていうか……、あまり他人には話せないような辛い過去を持っている連中ばかりなんだ。自分の透明化に気づいた彼らは、半ば無意識の状態で路地裏まで歩いてきた。なにかに呼ばれるみたいに。そして気づくとこの街にいた」

「無意識?」草平は首をひねった。

「ほとんど、ね。ボクもそうだった。自分の足なのに、まるで別人のもののようだった。それが路地裏へボクを運んでいくみたいに思えた。キミもそうだろう?」

「キューブ……」草平の口からぽろりとこぼれた。

セイジが動きを止めた。「……なに?」

「あ、えっと――訊きたいんだけど、キューブを……拾わなかった?」頭がくらくらするのを堪《こら》えながら草平は尋ねた。

「キューブ?　なんの話だい?」セイジは眠りから覚めたばかりの子供のような顔を見せた。

草平はそれを見て慌てた。

「ご、ごめん。気にしないで。なんでもないんだ……」

セイジの話に耳を傾けながら草平は思い返していたのだ。晴香《はるか》と夜道で別れた後から、自分が透明人間になったと自覚する時点までになにがあったか。よくよく考えてみれば、キューブを拾ったという以外に特徴的な出来事はなにもなかったように思う――その記憶が突発的に草平につぶやかせたのかもしれない。あの声は、あの熱は、いったいなんだったのだろう？

それに自分は疲労してはいたが、ほとんど無意識と言えるような状態ではなかったはずである。ただあの時計台が気になって、そして猫の声に導かれてしまったのだ。それはあくまで自分の意志によるものだ。

しかしセイジの反応から察するに、草平はその件をあまり関係ないものと判断した。キューブはただの落とし物。意識の有無も、結果的に現在ここにいるわけだから、たいしたちがいではないだろう。

セイジは肩をすぼめて話を続けた。

「……とにかくだ、草平、キミはこれからこの街に住めばいい。ボクたちと一緒に」

「――えっ」目まいを覚えながらもその提案は意識を引きつけた。「ぼくも？　ここに？」

「ここ以外のどこかに行くところがあるなら引き止めないけど」意地悪な言葉とは裏腹に、セイジの笑みには嫌味というものがなかった。

草平は開きかけた口を閉じた。回答を用意する必要はなさそうだった。たとえ絶えずケンカが起きる場所だろうと、誰にも見られない世界で孤独を演じるよりは遥かにいい。そう思うことにしよう。それに、体調不良の原因にようやく思い当たったところだ。

「ひとつ、お願いがあるんだけど……」初対面の人間にこんなことを言うのはためらわれたが、切羽詰まっていた。ひとの体力を、バケツを満たす水に例えるなら、いまの草平のは小さじ一杯分もないにちがいない。

「なんだい？」セイジが首をかしげた。「どうかした？　具合が悪そうだけど……」

草平は力なくうな垂れた。考えてみれば昨日は丸一日飲まず食わずだったのだ。

「なにか食べさせて欲しい」


屋上に上がった草平は、心地好い風を頬や髪に感じていた。栄養を取り戻した身体が歓喜の声を上げているみたいに思えた。

草平はいまセイジと里稲の三人で街の全景を見渡していた。

つい先ほどのこと、バーのカウンターの向こう側で、スキンヘッドの少年が草平に食事を作ってくれた。わずかにヒゲの生えた顎《あご》から察するに、少し年上かもしれないと草平は思った。目の前に差し出された食事は、どんぶりに豚肉の生姜焼きと目玉焼きを一緒くたに載せた簡素なものだったが、一昨日からなにも食べていなかった草平の胃袋は、それを一瞬にして吸い込んだ。

となりに座るセイジはそれを眺めて笑っていた。

しかし食べ終えた後に草平はやっと気づき、おずおずとお金を持っていないことを打ち明けた。叔母とケンカして自宅を飛び出したとき、財布を持って来なかったのだ。

だがスキンヘッドは愉快そうに笑った。

「金なんてこの街にはねーよー」

草平は耳を疑った。

「……お金がない？」

「そーさ。金がなくたって人間は生きていけるっしょ」

にわかには信じられなかったが、となりのセイジも静かに笑った。

「街のことについていくつか教えないといけないね」

ついて来るといい、という彼の言葉に草平は従った。里稲もそのうしろにくっついた。そうして屋上に三人で顔を出したのだった。

晴天の下、草平はぐるりと景色を見回す。視界が大きく開けるのは気持ちがよかった。そして、おぼろげながら、この街がどういう風にできているかを推測することもできた。

「どうかな」セイジが言った。

「……壁に囲まれている？」と草平は答えた。

「そう。上空から見れば正方形に近いだろうね」

透明街のほとんどはビル群で構成されていた。すべてかなり年季の入っているものだ。それらのビルが四つの壁に囲まれてすし詰めになっているらしかった。

遠くにそびえるその壁はビルよりもさらに巨大だ。平坦な山脈のようにも見える。見ていると思わずつばを飲み込んでしまうほどのものものしさを備えているようだった。だけど、それは草平の気のせいかもしれない。

「あの壁は誰が造ったの？」

セイジは首を振った。風に髪がなびいた。

「壁についてもわからないんだ。あの壁の向こうがどうなっているのかも。釘でもくさびでも傷ひとつつけることができないから、よじ登るのも無理。さっきも言ったけど、外とつながる通路はあのひび割れだけなんだ。街の老人たちによると、昔の壁はもっと低かったらしいけどね」

「低かった？」

「だけどビルを建て増す度に、気づくと壁も高くなっていたって話さ。老人たちは『透明街にはカミサマがいる』とか言ってる。突飛な発想と思うかもしれないけど、ボクはそれを信じてもいいと思っている。この街にはなんだってあり得る」

草平は確かにあり得そうだと思った。ここに来てから驚いてばかりだが、きっとまだ何回か驚くことになるのだろう。もう驚かないぞ、という意気込みはするだけ無駄な気がした。だからカミサマだっているかもしれない。

「ビルを建て増すっていうのは？」

「驚いたかい？　暗くて、汚くて、じめじめしてる。陽の光が当たらないところばかりさ。見なよ」

セイジは周囲に視線を送った。

「でこぼこしているだろう。これはビルを何度も建て増しした結果なんだって。積み木みたいにね」

周辺のビルは確かにその高さがすべて微妙にちがっていた。明らかに飛び抜けているのもいくつか見える。

「昔、住人たちがそれぞれ勝手にやったらしいよ。ビル同士は内部で行き来できるようになっているけど、無計画に造るもんだからものすごく複雑に入り組んでいる。段差までちぐはぐなんだ。迷路同然さ。実際に迷子になる住人もいるから気をつけなよ」

迷子というのは決して大げさに言っているわけじゃないだろう——草平は彼の言葉を肝に銘じようと思った。この屋上へ着いた時点で二度ビルの中を歩いたわけだが、ひとつとして道を覚えていなかった。先ほどまでいたバーにひとりで戻れ、と言われたらもうお手上げだ。

「この街には道はひとつしかないの？」

ケンカが起きていた大通りのことを指して言った。草平のいまの立ち位置からだと、モーゼが海を割るみたいに、崖が左右に口を開いていた。落ちればきっと即死だ。

「いや、道は五本あるよ」セイジは首を振った。「そこの崖下が街の中央通りだよ。それと壁沿いに小道があるのさ。ぐるっと一周できるように。道の端から端までは歩いて十分くらいだろうね」

それを聞いて、なるほど、と草平は頭の中に思い描いた。街は正方形らしいから、おそらく田んぼの

「田」から、中の棒を一本抜いたような形で道が敷かれているのだろう。

草平は視線の先を変えた。屋上に上がったときから目を引かれていたのだ。時計台がそこに建っている。

「あれは灯台みたいなものさ。ボクたちはそう捉えている」

「灯台？」

草平とセイジから距離を置いて、里稲がぼうっと立っている。彼女のうしろの五十メートルほど先に、外界からも見えた、針のない時計台が建っていた。屋根がツンと空を突くような形状で、時計盤は四方向に飾られているが、やはりそのすべてに針がないという――いまの草平の位置からは二方向しか見えなかった。時計台もビルの上に造られており、登ればここ以上に街を一望できそうだ。

「外からもあれが見えるんだけど、気づいたかい？　あの時計台は透明人間にしか見えない。外界に出た住人が、帰り道に迷わないための目印になってるんだ」

セイジがポケットに手を突っ込んだ。

「……どうしてあれが外から見えたんだろう？　壁よりも低く見えるけど……」と草平は言った。

「実際に低い」セイジが首を縦に振った。「だけど原理はやはりわからない。空間が歪んだりしているとしか言えないいね……」

草平はきょろきょろと辺りを見回した。わからないことはまだ山ほどあるが、なにから訊けばいいかわからなかった。里稲は相変わらず少し距離を空けたところで直立しているだけだった。なにを考えているのかさっぱりわからない。

ふと思いついて草平は質問の矛先を変えた。

「きみはこの街のリーダーなの？」

セイジはハトが豆鉄砲を喰らったみたいな顔をした。

「なんでそう思う？」

「なんでって……さっきのケンカのとき、きみの一声でみんなが静まっただろう？　だからそう思ったんだ。周りにいた大人たちはなにもしなかったみたいだし」

「別にリーダーってわけじゃないよ。ただ、この街の大人は滅多なことじゃ動かないから、ボクがやるしかないと思っただけさ」

セイジは近くにあったコンクリートブロックの上に腰を下ろした。

「……どういうこと？」

「そのまんまの意味だよ。働かないんだ。昼間っから飲んだくれたり博打《ばくち》みたいなことをやったりしている——金はないから酒とかを賭けているみたいだけど。不思議なことに、若いときからこの街にいてそのときは働いていた住人も、あるときからフッとなにもしなくなるのさ。まあ透明街なら働かなくても食っていけるからね」

一升瓶を抱えている老人を思い出した。草平は首をひねった。

「じゃあどうやって生活しているの？」

「大人が働かないんだよ？　じゃあ大人じゃない人間が働くしかない——つまりボクたちだ。さっきキミにメシを作ったやつがいたろ。ジロウっていうんだが、カレの仕事は料理人だ。食材を使って住人たちになにか食べさせる。大工とか掃除人とか床屋とか、他にもたくさんの仕事があって、それぞれが住人に分担されているんだ。だから草平にも任せたいことがある」

無言で彼の次の言葉を待った。草平は話を聞いている間にこの流れを予測していた。自分にやれることがあるなら当然やるつもりだ。

「里稲と一緒に調達人をやって欲しいんだ」

そのとき風が吹いてまた頬を撫でていった。草平は少女を振り返ってから、ふたたびセイジに目を向けた。

「……ちょうたつにん？　なにそれ？」

不思議な響きを持った言葉だと思った。

「この街にはたいていのものがある。畑も田んぼもある。家畜もいる。電気も風力で作っているし、ガスもある——たまに壊れたりはするが、とにかくあることはある。なにもかも都合良くできていて、ほとんど完結した世界さ」

セイジも里稲に目を向けた。

「だけどすべてが揃《そろ》うわけじゃない。どうしても足りない物資が出てくる。そういったものを外から獲ってくるのが里稲の仕事。だけどひとりじゃ手に余るのが現状なんだ。これまでは他の仕事を持っている住人に臨時的に行かせていたんだけど……なんというか、あまり住人は外に出たがらないから」

セイジは少し歯切れが悪くなった。

「どうして?」草平は彼の様子が気になった。

「……危険だからさ。わかるだろう?」

こっそりと秘密を打ち明けるように彼は言った。そういうことか、と草平は納得する思いだった。単純だがもっともうなずける理由だ。そしてこの街が、透明人間にとってとても安全だということにようやく思い当たった。

「草平は見たところ身体つきもいいし、ボクが殴られそうになったとき、すかさず飛び出したのはキミだった。なにか運動でもやってたのかい?」

「え、あぁ……うん。中学の頃、陸上部に入っていたけど……」

それはあまり思い出したくない過去だった。

「へぇ!」セイジは感心したように明るい声を出した。「なるほどね、それはいい。里稲にもついていけるだろう」

「ついていける？」

草平にはそれがどういう意味かわからなかったが、セイジは静かに笑うだけだった。そして立ち上がった。

「いずれわかる。調達にはしばらく出かけないらしいから、草平もそれまでゆっくりしているといい。そのときが来たら里稲が教えてくれる」

「ゆっくり……って、どういうこと？　なにをしていればいいの？」まだ右も左もわからないというのに、そんなことを言われても困る。草平は当惑した。

セイジはあっと思い出したように片手でひざを叩き、草平を見た。

「言うのを忘れていたよ」

「なに？」

「この街には法律ってものがない。過去にあったという話も聞かないし、これから作る予定もない。だけどこれだけは絶対に守ってもらわなくてはならない、ひとつの掟がある」

刃が光るような真剣な目だった。

「……それは？」

草平は少し緊張した。

「外界の人間に絶対に存在を知られてはならない、ということさ。これだけは必ず守ってもらう」

セイジの声は断固としたものだった。外界の人間——草平がそれを耳にしたとき、これまでに関わりがあったすべての人たちが、対岸に行ってしまったような気持ちになった。

「……それが掟？」

「そう。存在っていうのは、透明人間と透明街の両方の意味がある。もし知られてしまったらどういうことになるか、草平には想像できるかい？　ボクにはできない。だけどとんでもないことになるはずさ。そしてそれは間違いなくボクたちにとって良くないことだろう。住人はこの街を気に入っている——大人も子供もね。だが仮にバレたら、少なくとも静かに暮らし続けるということはできなくなるだろう」

セイジの目には力が籠《こも》っていた。

確かにそのふたつの存在がバレたときの様子を思い描くことは難しかった。草平の頭に「警察」だとか「マスコミ」だとかいう言葉がポンと現れたが、それらがどういう風に動くかまでは想像つかなかった。しかし世間がひっくり返るようなことにはなるはずだ。

さて戻るか、と言ってセイジは歩き出した。草平は慌てて声をかけた。

「——それで、ぼくは仕事が始まるまでなにをすればいいの？」

セイジの声は軽かった。

「だから言っただろう？　ゆっくりしていればいい。法律はないんだ。ここは透明街——自由を謳歌《おうか》できる街だからね」

# 第5章

## 粋なシチュエイション

Invisible

目覚めた瞬間、草平《そうへい》は全身の異変に気づいた。これ以上ないほどの活力が、頭のてっぺんからつま先にまで満ちていた。久しぶりに優雅な睡眠をとれたのだからそれも当然かと思い当たった。一日前は気絶、二日前は野宿。むしろようやく通常の体力を回復したと言ったほうが正しいのだろう。

半身を起こした草平は、寝ぼけまなこで自分の右手を見た。夢でも見ていたのか、晴香《はるか》をふと思い出したのだ。透明人間になる夜、ほんの一瞬だけ彼女の小さな手を握った。その感触が蘇るようだったが、草平はすぐに考えるのをやめた。

部屋は昨日と同じところである。草平はセイジからここをあてがわれた。「誰もいないのなら好きなように使うといい」と彼は言ったが、小さな座卓と薄い布団、天井からぶら下がる電球以外にはなにもない。ただ窓から外が見える部屋は、この街ではかなりの優良物件だという。草平は布団を畳んで部屋の隅に追いやった。それだけでもうすることがなくなってしまった。

伸びをしながら大きくあくびをひとつした。身体は力に満ち溢《あふ》れているが、頭にはまだ眠気が残っているらしかった。部屋を出て辺りを見回す。右手は部屋がひとつあるだけで、すぐに行き止まりだ。左を見ると薄暗い廊下が続いていた。階段もその先にある。しかし人気はない。時刻を知りたかったのだが時計は見当たらない。草平は右手の部屋の前に立った。

昨夜知ったことだが、となりは里稲《りいな》の部屋だった。草平がノックすると、木製の古びた引き戸はやかましい音を立てた。反応はない。いないのだろうか、と念のため戸に手を掛けた。

しかし里稲はいた。草平は戸を開けた途端に言葉を失った。彼女は上半身のタンクトップを脱ぐ姿勢のまま硬直していた。少し色黒な肌と、その胸を覆う真っ白なさらしが瞳に飛び込んできた。

ふたりの視線がぶつかった。草平は慌てて戸を閉めた。

「……ご、ごめん！」寝起きの心臓が凄まじい早さで胸の内側を叩いていた。「返事がなかったから、いないのかと思って……」

中の里稲は答えない。代わりに衣擦《きぬず》れと畳を踏む音が素早く聞こえた。草平はなす術《すべ》もなく待った。

入居早々にこんなことになってしまうだなんて……。

やがて戸がこぶしひとつ分ほど開き、隙間《すきま》から少女が顔を覗《のぞ》かせた。

「ごめん！　覗くつもりとかはまったくなくて……。ちょっと、その、いまは何時かなって知りたかっただけなんだ……」草平は必死に訴えた。

「……した」

「え？」

「返事、した」

着替えを見られたというのに、彼女の顔は昨日となにも変わりはないように見えた。泣きも叫びもしない。相変わらず内面の現れない表情だった。

「……ごめん。よく聞いてなかったみたいだ」

戸がうるさく揺れたのと、半分寝ぼけていた自分の不注意のせいだ。でも彼女の声が小さいことがなによりの原因では――だけど、さすがにそれを言う権利はない。

「街に時間、ないから……」と里稲が口だけを動かした。

「……時間がない？」と草平が訊《き》いた。

意味が理解できなかった。だが、こくりとうなずいた彼女にそれ以上の会話をさせるのは気が引けた。

「わ、わかった……。どうもありがとう。ホントごめんなさい……」

草平は逃げるようにその場を後にした。

階段を下りる前にトイレに寄った。そこのトイレは男女で分かれているが、田舎の木造校舎にありそうなものだった。古くて不気味なのだ。近くにはシャワールームもあるが、昨夜、草平が使った限りではほんの一瞬しかお湯にならなかった。

ビルを出ると、通りの人通りは少なかった。よく晴れていて湖のほとりみたいに静かだ。たぶん九時前だろうと草平は推測した。通りの舗装は石やレンガが主であるようだった。質の良いアスファルトなどは、きっとどこにも使われていないだろう。

少し歩を進めると《ＪＩＲＯ》があった。オレンジ色の大きな看板に黒いペンキで、バーのその名前は手書きされている。扉は開放されていた。近寄って覗き込むと先に中から声がかかった。

「よう。おはよーさん」

カウンターの向こうに座っているのはスキンヘッドのジロウだ。

「まあ入れよ」昨日よりも気《け》だるい声だった。まだ起きて間もない感じだ。

バーの中は彼しかいなかった。奥を見るとイスは長テーブルの上に上げられていた。

草平は話しかけられたことで少し安堵した。この街ではまだセイジと里稲、そして目の前のジロウしか顔見知りと呼べる間柄の人間はいないのだ。

「昨日はよく眠れたか？」

「うん、かなり久しぶりに」

「ははは」ジロウは笑った。「ここに来る前は野宿してたんだって？　そりゃぐっすりだな」

実際にはほんの一晩である。話が少し大げさになっていたが、草平も笑っておいた。

「いまメシ作ってやるよ。ちょっと待ってろ」

ジロウが言うので、草平はイスに座った。そして昨日から気になっていることを、人の少ないいまなら訊けるかもと切り出した。

「訊いてもいい？」

「いいぜ」ジロウがフライパンを取り出しながら言った。「答えられるかは知らんが」

「お金でやっていないのにどうして看板を掲げたりするの？　看板だけじゃない。このお店の中もわりときれいだし、まだみんな起きて来ないのにきみだけこうやって働いているし……なんていうのかな、そこまでやると自分の得にならないと思わない？」

ジロウはぽかんとした後、たちまち笑い出した。なにかおかしなことを言っただろうか？　草平は、彼が落ち着くまでしばらく待たなくてはならなかった。

ようやく笑い終えたジロウが食事を作り始めた。同年代の少年の料理姿を見るのは新鮮だった。

「あのな、こりゃおれの趣味だよ。表の看板もこの店の内装も、ぜぇんぶおれの趣味でやってんの。かっけーだろ！　つーか、そのほうが楽しいじゃん」

今度は草平が面食らう番だった。

「それだけ？」

ジロウは両手を広げた。「それだけだよー。得なんて考えてないって。おれに任された仕事だから、おれが自由にやってんのさ。他のみんなもそう。街はそうやって回ってんだ。それで充分じゃねえ？」

草平は口を閉じ、しばらくその意味について考えた。しかしその言葉は、味はなんとなくわかるのだが、うまく飲み込めない安物の肉みたいだった。

話題を変えようと思った。

「ねえ、街に時間がないって聞いたんだけど、どういうこと？」

彼は振り向いてぼんやりと草平の顔を眺めてから言った。

「どういうこともなにも、そういうことさ。街には時間がねえ。太陽が昇ったら起きて、沈んだら寝る

──それだけさ。おれなんていまのいままで時間がないことも忘れてたな」

「……不便じゃないの？」

里稲の言う通りだった。驚きだ。しかし草平には時間がないという概念をよく理解できなかった。

「別に？　おれはここに来て、たぶん四年ぐらい経つけど、困ったことは一度もねえなぁ」

「そう……」

そんなものだろうか、と思ったが草平は出された食事に手を伸ばした。また話題を変えようと思った。

「この街にはどれくらいの人が住んでいるの？」

料理人はひと仕事を終えると、カウンターの中にあるイスに腰掛けた。そして腕を組んで考え深げに言った。

「……詳しい人数はわからんなぁ。とにかくたくさんいるとしか言えん。草平みたいに来たことがちゃんとわかる人間もいれば、いつの間にか忍び込んだみたいな大人もいるはずだからな。だけど出ていく人間ももしかしたらいるのかもしれない」

「……出ていく人もいるの？」

「もしかしたらって言ったろ。でもあり得るんじゃねぇ？　街を出て、ふつうの人間に戻ったりとか」

食事を終え、草平はなるべく静かに箸を置いた。

「ふつうの人間に戻れるの？」

戻りたい戻りたくないの意志に関わらず、それは気になる話だった。

「わかんねえよ」ジロウは強く首を振った。「だけど戻った住人がいたって噂もある。おれは知らねえし、その噂も昔のものだけどな。信憑性《しんぴょうせい》は低いと思うし、それに――」

「それに？」

「――戻りたいとは思わねえはずだ、この街での暮らしを知ったらな」


食事を終えると本当にすることがなくなってしまった草平は、なんとなく屋上に足を向けた。狭苦しい迷路の中、苦労して階段を見つけ出した。

空は晴れていた。外はやはり気持ちがいい。自分以外にもちらほらと住人が顔を出しているのが見える。寝転がったり談笑したりと様々だ。同い年くらいの少女たちが、きゃっきゃとはしゃぎながら走り回っている姿も遠くに見られた。そういう光景を目にすると、ここと外界にたいしたちがいはないのかもしれないと思いもした。

大通りに二分されているが、ほとんどのビル群はくっついている。草平は屋上を散歩がてら、透明街の全景を頭に入れようと歩き出した。ここに暮らすのであれば、きっと知っておいたほうがいいだろう。

屋上はところどころ落とし穴が空いていた。覗くと、それが吹き抜けであるとわかった。横穴が空いたようにたくさんの窓があり、洗濯物がぶら下がっているところもあった。生活感に満ち溢れていた。

また屋上には様々な物体があった。草平はそれらを眺めながら歩いた。錆《さ》びた鉄筋や自転車のホイール、液体を入れておくような銀色のタンク、大きな空っぽのドラム缶がいくつか、ハンガーの束、扇風機の羽、画面に穴の空いたブラウン管テレビ、熊手、空き缶、スプレー缶、欠けたレンガ、折りたたみイス、レンチ、物干し竿が数本、薪《まき》の束、ゴムホースなど。ゴミなのかどうかわからないのもいくつかあったが、とにかくありとあらゆるものが海岸に打ち上げられた漂着物みたいに散らばっていた。

草平は壁をなぞるようになるべく外側をゆっくりと歩いた。下を見ると、確かに壁沿いには小道があった。しかし日の当たりづらいところらしく、薄汚れている感じもした。道のど真ん中で花札に興じている大人たちを見つけた。薄くなったいくつかの頭を見下ろしながら、ここはあまり近づかないほうがいいかもしれないと思った。

さらに歩き続けると、奇妙な場所にぶつかった。水を張った地面に青々とした草がいくつもの列を作ってずらりと並んでいる。土の匂いが草平の鼻に触れた。

ひとりの少年がその中に立っており、草平を見ていた。

「おっす」と彼は手を上げた。

「……や、やあ」草平も手を上げた。しかし視線は足もとに引きつけられた。そこに広がっているのはどう見ても田んぼにしか見えなかった。

その少年は、草平が《ＪＩＲＯ》で目を覚ましたときにそばにいた、ハリネズミ頭の男の子だった。

「えーと、しょうへい——だっけ？」なにか作業をしていたようだが、中断してこちらに歩み寄ってくる。少年はズボンをひざの上までまくり上げ、素足に黒いゴム長靴をはいていた。

「……草平」

「草平か。おれはシバタ」そう言って軍手を外し、ズボンでぬぐった手を差し出した。「よろしく」

彼と握手をしながら、年齢はきっと中学生二年生くらいだろうと草平は思った。

「よろしく……。ねえ、これは田んぼ？」

「そうだよ。どっからどう見ても田んぼだろう。驚いた？　まだ植えたばっかりなんだけどね」

へへへ、とシバタは笑った。笑うとさらに幼く見えた。

「驚いた」素直にうなずいた。そういえばセイジが言っていた、と草平はようやく思い出した。一度に頭に入ってくる情報があまりに多いため、ひとつひとつに注視することができなかったのかもしれない。

草平は呆然とそれを眺めた。緑の稲穂はピンと立ち、元気そうだ。その形は少年の頭髪に似ていた。

「お米ができるの？」

「もちろん。《ＪＩＲＯ》でもう食ったろ？　こいつらを育てるのがおれの仕事だよ」

確かにすでに食べていた。

「育て方を知っているの？」草平は感心した。自分は花一本、満足に育てたことはないのだ。

「前は別の人がやってたけど——三十くらいのおっさん。そのおっさんから教えてもらったんだ。もう引退してどっかで飲んだくれてるけど」

「だけど、こんなところでちゃんと育つの?」

「それが育つんだよね。米だけじゃねえよ。色んな畑もあるんだ。あっち——」

シバタは遠くを指差した。草平はその先へ目を凝《こ》らした。大通りという名の崖を挟んでずっと向こうに、白い大きなテントが建っているように見えた。

「──あの辺は畑だ。テントの中でも野菜とか作ってるよ。あれはまた別のやつの仕事だけどな」

「へえ」

「この街には雨があまり降らない。降ってもほんの少し。作物にちょうどいい程度しか降らないんだ」

「……え？」

思わず耳を疑ってしまう発言だった。

「外界《がいかい》と街の天気はまったくの別ものなんだ。外界で大雨が降っていても、透明街《とうめいがい》では晴れているなんてことはしょっちゅうだよ。季節についても聞いた？」

「季節？　なんの話？」

「透明街の季節はほぼ一定なんだよ。いまみたいな気候がずっと続くんだ」

「え……冬とか夏とかは？」

「ないねぇ。ちょっと暑くなったり涼しくなったりはするけど、だいたいは今日みたいな感じだよ」

シバタはさも当たり前のことのように言った。草平は目をパチクリさせた。そして、ほとんど完結した世界――セイジの言葉を思い出した。確かにここにはなんでもあるんだな、と驚嘆する思いだった。

畑には水が充分に張られていることにふと気づいた。それを見て疑問がわいた。

「雨があまり降らないって言ったけど、じゃあ街の水はどこから来てるの？」

自分はトイレもシャワーも使ったが、水道はちゃんと動いていた。だがその水を外から持ってくることは難しいだろう。ポリタンクを担いで何往復もするのが調達人の仕事なのだろうか、と心配になった。

しかしシバタの答えは短かった。

「井戸だよ」

シバタは街の角のひとつを指差した。壁と壁がぶつかる付近だ。

「あそこの小道には井戸があって、ポンプで水を汲み上げているんだよ。水はたっぷりあって不思議と枯れることはないんだ。たまにモーターが壊れるけど」

彼はまだ続ける。今度は別の角を指差した。

「あっちにはガスも出てる。それでお湯を作ったり、料理に使ったりしている。仕組みはよくわかんないけど、また別の住人がそれぞれ担当しているんだ」

なんだか笑ってしまうぐらいおもしろくなってきた。

「……電気は風力ってセイジから聞いたけど」

草平は試すように言ってみたが、少年はやはり応えてくれた。

「あれ見えるか？　ここからじゃちょっと遠いけど」シバタがまた遠くを指差した。

視線の先には一定の短い間隔で輝くものがあった。無数にあってどれも回転しているようだ。

「あの羽を回して電気を作ってるんだよ。あの辺は風が強くて、どういうわけか止むことはないんだ。だけど羽自体が壊れやすくて、たまに停電になったりすることもあるけどね」

「壊れてばっかりだね」草平が言うとシバタは笑った。

「まあね。みんなでさ、協力して、工夫してるってわけよ」

恐れ入る思いだった。

草平は許可をもらって手近にあったイスに腰を下ろし、シバタの仕事をしばらく見せてもらうことにした。彼はいま雑草を抜き取っているらしい。ひょいひょいと慣れた手つきで多くの草をむしっていく。その草を片手に持ったバケツに放り込む。彼は遊んでいるみたいに身軽だった。単純な作業だと思い、草平は手伝おうかと申し出た。しかし、

「いいよいいよ」と少年は首を振った。「頼まれない限り、他人の仕事に踏み込んじゃいけないんだって」

「どうして？」

「仕事を持っている住人の領分だから、だって。詳しいところはよくわかんないけど、でもなんとなくはわかるんだ。おれがこの街にいる理由みたいなものだと思う。とにかくこれはおれだけの仕事なの」

シバタは草をむしり続ける。ジロウの言っていたことと似ているな、と草平はぼんやり考えていた。土の匂いを嗅ぎながらぼうっとするなんて草平には初めての経験だった。しかし、暇ではあるが退屈ではなかった。張られた水は日光をゆらりと反射していた。自分はこんなところでなにをしているんだろう。ぼけっとしているとどうしてもそういうことに頭が向いてしまう。外界にいた自分といまの自分は、まるで別人のように思えるのだ。

草むしりをしながら田んぼの向こう岸まで行き、折り返し戻ってきたシバタに、草平はふたたび声をかけた。

「仕事熱心だね。遊んだりしないの?」

「遊んでることのほうが多いよ。今日はたまたま草平が来ただけで、最近は他のやつらとスケボーばっかりやってるね」

シバタの視線の先を追うと、田んぼの脇にスケートボードが置いてあった。

「ねえ、セイジはいつからこの街にいるの?」

「セイジ? えっと、いつだったかなぁ。いまって何月?」

「え、五月だけど……」

予想だにしなかった質問をされて、草平は戸惑《とまど》った。しかし時間も季節もはっきりしない街にいれば、彼の反応も当然なのかもしれない。

「じゃあ、もう二年前になるかな。おれはその少し前に来たから、そのときのことはよく覚えてるよ」

「昨日、本人にこの街のリーダーなのかって訊いたら否定されたんだけど、実際にちがうの？」

草平はセイジが気になっていた。外界と透明街のどちらも実在するという唯一の証拠のようなものだった。ただ彼の存在は、いまの草平にとって、《clouds》のボーカルがこんなところにいるなんて……。

シバタは笑いながら首を振った。

「草平の言うことは正しいよ。セイジは街のリーダーだね。それだけのことをやったと思う。セイジ自身はいつも否定するけどね」

「どういうこと？」

「前は、この街はいまと少し雰囲気がちがった。ちょっと治安が悪かった。いくつかのグループに分かれて、対立して、ケンカして……ってそういうことが多かったんだ。草平はもう巻き込まれちゃったけど、これでもセイジが来てから揉め事は少なくなったんだ」

草平は話の続きを待った。

「セイジはグループのリーダーと話し合って、いざこざを丸く収めたんだ。そして色んな仕事をそいつらに分担させて、任せっきりにさせたんだよ。そんなことして大丈夫なのかって思うよね？　実際いくつか問題は起きたよ——ろくに仕事をしないとかね。だけど結果的に、仕事を任せることで、やつらのケンカする時間が少なくなっていったんだ。さっきも言った、他人の仕事を手伝うなっていうのもセイジが言い出したことだよ。責任感を持たせる、とかそういうことを言ってたっけ？」

「へえ……。それでうまくいったんだ」

草平は感嘆の声を上げたが、シバタは首を振った。

「ううん。たまに話し合いにならずに、殴り合いになることもあったよ。たまに、じゃないかな――しょっちゅうだったかも。だけどセイジはあれでケンカもすごく強いんだ。それが知れ渡ると、誰も文句を言わなくなる。そうやっていまの透明街に変わっていったのさ。それに、セイジがすごくいいやつってことも同じくらい知れ渡ったからね。陰口を言うやつもいまじゃ滅多にいないよ」

すごいだろ、とシバタは得意そうに言った。饒舌《じょうぜつ》なその口調から、彼はどうやらセイジに憧れているのだろうと気づいた。

「すごい」と草平は同意した。本当にすごいと思った。

シバタは歯を見せてまた笑った。


おどろおどろしい真夜中の森の奥深くに迷い込んだと思っていたが、明るくなって見渡してみれば道の上に立っていたことに気づく。そんな心境だった。

草平は心が少し晴れやかなことに気づいた。とんでもないことになったと一時は絶望したが、ひょっとしたらここは自分にとって最良の場所なのかもしれないと思い始めていた。貨幣がないことも、仕事を任せられることも、自分にとっては苦でもなんでもない。なにより、ここには学校もないのだ。

そんな楽しい気持ちが草平を暗闇へ誘ったのかもしれない。

シバタよりひと足先に屋上を後にした草平は、一階まで下りる途中、濃密な闇に満ちた通路を発見した。あまりにも人気がないところだったので、そのまま気づかずに通り過ぎるところだった。通路の手前には蛍光灯の明かりが及んでいるが、そこを一歩進んだところからもう真っ暗だ。ジジジ……と死にかけのセミみたいな音を蛍光灯は発していた。

内部を探検してみようとふと思いついた。迷子になる危険性を忘れたわけではなかったが、他の住人たちは当然のように通路を行き来している。自分にもそれくらいできていいじゃないか。

草平は闇の中に身体を溶け込ませていった。少し進んだだけで完全に視力を奪われた。うしろを振り向くと、階段付近が蛍光灯に照らされてぼんやりと浮かび上がっている。自分の目がおかしくなっていないことを確認し、草平は右手を壁にくっつけながら進んだ。

通路をいくつか曲がる。さらに手探りだ。左手を前に出し、不意に現れるかもしれない障害物を警戒する。なにかに触れたらきっと心臓が飛び出すだろう。だんだん目を開けているのか閉じているのかわからなくなってきた。時おり段差につまずくこともあった。そういうときは、草平は何度かまぶたに手を当てて開いているかどうかの確認さえした。

そのまま深部へ潜っていくと、道の先にほんのりとした明かりを見た。近づくと、そこは天井が抜けた小さな空き地だった。屋上でも目にした吹き抜けのひとつだ——見上げると青空が見え、壁には採光窓がいくつもあった。上から落ちてきた陽光が小さな陽だまりとなり、空気中に漂うホコリがキラキラと輝いていた。草平は光の下に歩み出た。

まぶしさに細める草平の目は空間の中央に引きつけられていた。そこには様々な本がうずたかく積み上げられていた。数は百や二百を超えているだろう。高さは草平の身長ほどもある。静謐《せいひつ》な空気の中にそびえるその姿は、真冬の雪山みたいだった。

草平はひとつひとつ明かりにかざして調べてみた。どれもうっすらとホコリを被っていたが、文字を判読するのに差し支えはなかった。本の山の上にはトタン製のひさしが飛び出ており、それが雨を遮《さえぎ》ったのだろう。小説や雑誌、ムック、絵本、洋書、てんでばらばらな分野の専門書——共通点は見出せない。個人の所有物というよりは、古本屋をひっくり返したような印象を受ける。過去の住人たちがここに持ち寄ってそのままにしたのだろうか。

丁寧に本を「既読」と「未読」のふたつの山に分けた。かなりの時間を費やしたが、すべてを判別し終えたとき、圧倒的に「未読」のほうが多くなったので草平は嬉しくなった。あぐらをかいてその山を見上げた。

「最高だね」

静かな空間に小さなつぶやきが生まれた。

それからの数日間、草平はもっぱら読書に時間を費やした。洋書はまったく読めなかったが、普段は手にしない絵本やムックなどにも目を通すことにした。通りのベンチだったり、街を見下ろす屋上だったり、自分の部屋だったりと、草平は気分によって色々な場所へ本を持っていった。

あるとき、自室でページをめくる草平の指が止まった。ジロウの言葉がわかった気がした。この街の暮らしを知ったら戻りたいとは思わないはずだ、と彼は言った。お腹が空いたら《ＪＩＲＯ》に行き、読書に飽きたらシバタたちがやるスケボーを眺める。そんな風に過ごすのは楽しくないわけがない。

しかしこんなに楽しくていいのだろうか？

言い知れない不安に駆られた草平は、夕食時に《ＪＩＲＯ》で意見を求めた。

「いいのさ」とセイジは言った。

「決まってるじゃん」とシバタもうなずいた。

「それが透明街の暮らし方さ。誰も文句を言わない。みんな、そうしているからね」

「そう……なの」

草平の反応が鈍かったのを見て、セイジとシバタが笑った。

カウンターの向こうではジロウと他の料理人がいた。ジロウが店主で他の数人は従業員という立場らしい。店の中はそれなりに混雑していた。もちろん大人もいる。彼らにも平等に食事は与えられる。

食堂は他にもいくつかあるそうだが、草平はここが気に入っていた。

「外界に来てまだ日が浅いからね。心配になる気持ちもわかるよ」とセイジが言った。

しかし草平は不安であり、不満でもあった。

「きみはこの街の色んなことを管理しているんだろう？　食料の管理とか設備の点検とかもやってるって聞いた。シバタもジロウも仕事をしている……。ぼくはいいのかな？」

セイジはうしろを振り返って言った。

「いや、ついに初仕事が始まるんじゃないか」彼はニヤリと笑った。

背後には里稲が立っていた。小さな紙片を手に持っている。タンクトップにジーンズをはき、脇の下から真っ白なさらしがちらりと顔を覗かせていた。この数日間、屋外や廊下ですれ違うことは何度かあったが、彼女とはろくな会話ができていなかった。未だにのぞきと思われているのかもしれない。

里稲の口調は相変わらず無機質だった。

「明日、調達、行くから」そう言い残して去っていった。

「きっとキツいぞ」セイジにそう言われて肩を叩かれたが、草平の胸は自然と弾んでいた。

翌日、朝食を終えた草平は里稲とふたりで外界へ出た。

街に初めて入ってきたときを含めれば二度目だが、ひび割れに身体を通すのはやはり気持ちのいい感覚ではない。全身がゴムみたいになって前方に引っ張られるような感じ——草平が抱いた感想だった。

空は晴れていた。日中ではあるが、もともとが寂れた路地だ。歩行者は少なかった。草平は古書店の脇から顔を出し、辺りを確かめて安心した。

「それで、調達人っていうのは、いったいなにを調達するの？」

バックパックを背負い直しながら振り返った。彼女も似たようなものを背負っている。

「これ」里稲が昨夜持っていた紙片をべろんと差し出した。

メモ書きだ。二十センチ四方の紙には様々な品物が色んな筆跡で記されていた。砥石《といし》、単三電池十本、ニット帽（赤ならなお良し）、ボールペン三本、煙草《たばこ》（十二ミリ程度のもの希望）、掃除用ブラシ、プラスドライバー二本、コーヒー豆三〇〇グラム、釣り糸（五〇〇メートル以上）、香水（なんでも可）、ラディッシュの種、シャンプーとコンディショナー（メーカー問わず、ただし女性用）、チューインガム（梅味）などだ。全部で四十点ほどにも上る。

メモ書きから顔を上げた。里稲は表情を変えない。

「これはつまり……」草平の頭の中に赤信号が灯った。「……盗むの？」

彼女はこくりとうなずいた。

「ぼくはてっきり、なんていうか、その辺に落ちてるガラクタとかを拝借したりするものかと……」

「そういう、のもある」と里稲は言う。

「バレたことは？」

「盗めば、いずれ、バレる」

「……それはそうだけど。捕まる危険っていうのは？」

「捕まっては、いけない」と言った。彼女の目から、盗みそれ自体にはまったく頓着していないことがわかった。ほんの少しの揺らぎもない、確固としたものを感じた。

草平は深く息を吐いた。セイジがあの場でこの仕事の詳細を言わなかった理由がわかった。まだ街に慣れていない状態で言われたら、自分は拒否したかもしれない。

だがいまはちがう。もう自分は街の住人になってしまっていた。ならば、与えられた仕事をまっとうしなくてはならない。

「……わかった。行こう」

草平は二回うなずいた。そして、せめて罪悪感は抱え続けようと決めた。ふたりは路地裏から出た。

「それで、どこへ行くの？」

里稲が通りの向こうに横たわる別の道を指差した。

「あっち。色々、置いてあるお店、あるから」

そこは明らかに透明人間にとっての危険が潜んでいた。人通りが多いのだ。人々の顔は明るく、なんの悩みもない風に見えた。今日は休日なのかもしれない。草平はもう曜日の感覚というものを失っていた。がやがやとうるさいその光景を見ると、透明街はとても静かなんだなと思った。

突如、里稲はその人ごみの中へ飛び込んだ。草平は仰天した。ぶつかる――そう思った。人に当たれば、すぐにバレることはなくても、ちょっとした騒ぎにはなるだろう。

しかし、そうはならなかった。草平はその背中を見失わないようにするので精いっぱいだった。人だかりの中を、彼女は池に浮かぶ飛び石を渡るみたいに、ぴょんぴょんとジグザグに跳ねている。時おり身体を横向きにしたり、ひらりと回転させたりと、空を舞う木の葉みたいだった。人々が行き交う隙間に一瞬だけ生まれる、小さな地点――そこに片足を着けて、さらに別の着地点まで跳ぶ。それを繰り返しているようだった。

群集はまったく気づかない。彼らの目と鼻の先を、ひとりの少女が跳んでいるというのに。もしも彼女の姿が見えるなら、彼らは度肝を抜かすことだろう。だがいま度肝を抜かしているのは草平だけだった。

チェックのポロシャツを着た中年男性の鼻先五センチを跳び、着地した後、彼女はようやく草平を振り返った――そこは道の脇にある植え込みの中で、安全圏のようだった。ハンカチで首の汗をぬぐっていたその男性は、彼女にこれっぽっちも気づかない様子で歩き去った。

そして里稲は控えめに手を挙げた。早く来いと言っているのだ。だが草平にはとても真似できない。それどころか、いま見たものが信じられなかった。

倍以上の時間をかけ、ようやく里稲の足もとへ転がり込んだ。それは通りを横切るだけの短い道程であった。しかしその途中、背後に迫る自転車に気づかず、あわやぶつかるという場面があった。草平の右の耳たぶをこすり、小学生くらいの男子が乗ったマウンテンバイクが疾走していったのだ。あと数センチ横を歩いていたら……。少年の背中を見送りながら、草平は背筋に氷を塗られた気がした。

草平は里稲の足もとに膝《ひざ》をつき、息を切らしていた。

「……きみはいつもこんな風にやってるの？」

「そう」

「なんで……？　危ないだろう？」

「慣れれば、できる」

そうは思えないな。草平は彼女の横顔を見上げながらため息を吐いた。

その後の里稲の行動もとんでもなかった。人で埋まる歩道橋を通ろうと言ったかと思えば、彼女は急に階段の幅十センチほどの手すりに飛び乗り、全速力で駆け上がった。

泡を食った草平が歩道橋の上まで来るのを待っていてくれはしたが、下りるときの里稲は、今度は手すりすら使わなかった。彼女はひょいと柵によじ登り、ためらいも見せず歩道に身を投げたのだ。

目の前でこれを見ていた草平は悲鳴を上げた。慌てて下を覗き込んだが、彼女はアスファルトの地面に両足が触れた瞬間、重力をいなすようにくるりと前方回転を決め込んだ。

歩道橋の高さは地面から十メートルもない――きっと六、七メートルだろう。注意を払えば死にはしない高さだ。しかし十中八九負傷する。だが前転を終えた彼女は、起き上がり小法師《こぼし》のようにそのまますっと立ち上がって、階上の草平を見上げるだけだった。

もはや開いた口が塞《ふさ》がらなかった。

草平はようやく里稲に追いつき、話す時間を設けてもらった。五階建てのビルの軒下だったが、シャッターは閉まっており、ひとまず安全だろう。

「どうしてわざわざ危険なところを通ったりするの？」

「……危険？」里稲が首をひねった。

「階段の手すりの上とか、飛び下りとかのことだよ」

危険とすら思っていないのか。草平は今後の彼女の身が心配になった。

「行きやすい、から」と返答があった。

「行きやすい？」

行きづらいの間違いではないのか？

「誰もいないところなら、安全」と、少し困り顔になった彼女は続ける。「バレる心配も、ないから」

草平は悩んだ末に、彼女の要領を得ない回答になんとか見当をつけることができた。

自分は透明人間だけが通れるところを通っている――彼女はおそらくそう言いたいのだろう。それは階段の手すりの上や、高所から飛び降りる空中そのものなのだろう。確かにその通りかもしれない。普通の人間はそんなところを通行に使ったりしないし、姿を見られて騒がれることもない。

しかし別の危険性が顔を出すだろう。怪我《けが》でもしたら大変だ。しかし「安全」と言った。透明人間の存在がバレることのほうが、彼女にとっては問題らしい。

「でも人ごみの中をぴょんぴょん跳んでたよね」

「あれは、しょうがない」と里稲は応えて歩き出した。「通るしか、なかったから」

「……もしかして、透明街でもそうやって移動したりしてる？」

「してる」

そうか。街に入った自分が気を失ったのは、上空から飛び下りてきた彼女とぶつかったせいだ。

草平も里稲のうしろに従った。

「それは……パルクールみたいだね」

「パル……？　なに、それ」

里稲は知らずにやっていたらしい。パルクールとは町中にある様々な設備や障害物などを使った一種のスポーツのことだ。地形を駆使したアクロバットな身のこなしをとるのが特徴だ。草平も図書館の蔵書でちらりと一節を読んだことがあるだけで、本物を目の当たりにしたのは初めてのことだった。

「誰から教わったの？」

里稲は首を振った。「このほうが、便利だったから、自然と」

舌を巻いた。彼女にとってみれば一連の移動方法はもはや自分で開発したようなものなのだ。セイジの言葉を思い出した。彼は、草平なら「里稲にもついていけるだろう」と言ったがとんでもない。後ろ姿を眺めるだけで精いっぱいだ。

「草平も、できる」

心を見透かされたように言われて草平は焦った。

「いやぁ、どうかな……。まったく自信がない……けど」

「大丈夫。慣れれば、できる、から」

あんまりそうは思えないな。暗い気持ちになったが、草平は黙って後を追うことにした。せっかく任された仕事を放り出すわけにもいかないと思い出した。

用心しながら十分ほど歩くと、里稲が足を止めた。

「着いた」

街道沿いのホームセンターだった。

草平も何度か利用したことがある。平屋建てではあるが、敷地は広大で店内には数々の商品が置かれている。入り口と出口は同一で、その付近には移動販売しているクレープ屋のトラックが店を開いていた。こういうのがあるということはやはり休日なのかもしれない、と草平は思った。

　駐車場に止まっている車は少ない。店内もそれほど混雑していないように見えた。草平は安心すると共に、急いで仕事を済ませたくなった。まだ透明街を出て一時間ほどしか経っていないが、さっさと戻りたいという気持ちが強くなっていたのだ。同時に、住人たちがあまり外に出たがらない理由がわかる気がした。とにかく外界は気を遣うことが多すぎる。

「じゃあ行こうか」と里稲の前を歩き始めた。

　しかし店に入ろうとした草平は、両開きの自動ドアに右ひざを盛大にぶつけた。ガツンという音を立ててガラスが揺れ、店内の客がこちらを振り返った。焦りのせいか油断していた。

「いたた……」

「開くまで、待たないと」背後の里稲が言った。

「そう……なんだね」

　そういうことはもっと早く言って欲しい。自動ドアの仕組みはよく知らないが、赤外線センサーを使っているものだと、透明人間には反応しないようだ。だが、すぐに若い夫婦がやって来たので、草平と里稲は彼らの背後にぴたりとくっついてどうにか店内に入ることができた。

　いったいどうやって物資を調達するのだろうと思っていたが、なんてことはなかった。陳列棚からお目当てのものを手に取って、それをバックパックに入れる――それだけだ。もちろんその際には人目と監視カメラに細心の注意を払う必要がある。ボールペンに手を伸ばそうとしたとき、高校生ぐらいのカップルが横から現れたので、こちらは機をうかがいながら待つしかなかった。混雑していないとはいえ、人の目がまったくないわけではない。

ボールペンを入手した後、草平は目を閉じて想像してみた。透明人間が物体をつかみ、持ち上げる。それはつまり、端から見れば品物が空中に浮いている光景として映るのだろう。

「このバッグに入れたら見えなくなるの？」

「そう」里稲は首を縦に振った。「透明街のものに、入れれば、それで問題ない」

「でもこのバッグ自体はふつうのものだよね。外界で作ったものというか」

バックパックにはメーカーの名前がプリントされていた。

「一度、透明街に入れたものは、透明街のものになる、の」

なるほど、と思うことにした。いちいち原理を考えていたらきりがなさそうだ。

草平は大きく息を吸い、そして吐いた。腹をくくるしかないのだ。ごめんなさい、と念じながら調達を再開した。

その後、コーヒー豆などの食料品はホームセンターのとなりに建つショッピングモールで手に入れ、リストに記されたものはすべて調達することができた。

里稲は不思議な少女だ。草平は帰り道、彼女のうしろ姿を見ながら思った。どこでどういったふうに育てば、目の前の少女ができあがるのだろうか。

外界で辛い経験をした連中が集まっている——セイジの言葉だが、当然それは彼女にも言えることなのだろう。だから彼女の過去にこちらから触れることはやめようと思った。自分にも触れて欲しくないものがあるのだから。

透明街に戻ったとき、草平は弓の弦《つる》みたいになっていた緊張が一気に緩むのを感じた。短い旅だったが、透明人間である危険性を再確認できた。街の中に閉じこもっていたほうが賢明というものだ。

大通りのど真ん中で、草平は背負っていた袋を地面に下ろした。ふたりのバックパックは物資で満杯だ。

「おかえり」

声に振り向くと、セイジが立っていた。

「無事に帰ってきたね。よかった。今夜は火を焚《た》くからそこで渡そう。ん？　どうかしたかい、草平」

名前を呼ばれて草平は我に返った。

「あ、いや、なんでも……。えっと、火を焚くってどういうこと？」

セイジがイタズラを思いついた子供みたいに笑った。

「楽しいこと」——短い返答だった。

セイジの言う通り、その夜、透明街の屋上で大きな火を焚いた。事前にあった彼の呼びかけによって、下準備には十人程度が集まった。ゴロゴロとけたたましい音を鳴らしてドラム缶を転がしてくる者や、木々や紙切れを持ち寄る者、イスやテーブルを用意する者、食材を持ってくる者などだ。

その様子に気づいたらしく、たちまち他の住人も集まってきた。遅れてやってきた彼らもせっせと準備に加わる。すると、さらに他の住人も集まり、あっという間に五十人ほどの大所帯になった。そしていつの間にか大規模なキャンプファイヤーが始まっていた。

火がついてしばらくすると、ゴーンという硬質な音が聞こえた。時計台からだった。

適当な場所に腰を下ろし、草平はジロウが目の前で作ってくれたサンドイッチに齧《かじ》りついた。焼きたての厚めのハムとレタスと玉子とマヨネーズがバゲットに挟まっていた。

「さっき、なんでぼうっとしてたのさ?」

セイジだった。

「え?」

「外界から帰ってきたとき、なんか様子がおかしいように見えたけど」

「……いや、なんでもないよ」草平は首を振った。「ちょっと疲れてたみたいで」

「ふうん」とだけセイジは言い、となりに腰を下ろした。

草平は「おかえり」と言われたのが、ずいぶん久しぶりだったと思い出したのだ。叔母が最後にその言葉を口にしたのはいつだっただろう? まったく覚えていない。「おかえり」と言われることを自分も意識していなかったのだから、記憶に残っているわけがないのだ。

もし仮に、いまの自分が外界に帰れたとしたら、誰か自分に「おかえり」と言ってくれるだろうか？

「――草平、聞いてる？」

左から声がした。

「あ……ごめん。なに？」

「どうだった、初めての調達は？」

「あぁ、もう大変だったよ……。あ、そうだ。盗むなんて一言も聞いてなかったよ」

草平が不平を言うと、

「ハハハ」とセイジは笑った。「だけどあのとき聞かされてたら戸惑っただろう？」

草平は沈黙で答えた。彼の言う通りだろう。

「……気持ちはわかる。だけど透明人間が買い物をするわけにはいかないだろう？　なるべくそうしないで済むように住人も努力してはいるけど、やっぱり限度はある。仕方ないんだ。キミに黙っていたことは謝るよ。許して欲しい」

セイジは手にしていたマグカップでコーヒーを飲んだ。許さないつもりはなかったので、そう言われると草平はまた黙るしかなかった。自分はもう開き直ることに決めたのだ。

火のほうに目を向けた。そこにはいろいろな住人がいた。折りたたみのリクライニングチェアを持ってきてくつろぐ三十代ぐらいの男性、四角い座卓の上で麻雀《マージャン》に興じる中年の男たち、マシュマロや果物を釣り竿から吊るして火で炙《あぶ》るシバタとスケボー仲間、ドラム缶の火に薪をくべることだけに集中する少年、部屋から持ってきたらしいゴミを焼却する若い女性――様々だった。

こんなに人がいるんだ、と草平がつぶやいた。

「そうだ。草平にひとつ大切なことを教えるのを忘れていた。火の取り扱いについてさ」

「火？」

草平はドラム缶から燃えさかる火に視線を戻した。

「まあ当たり前だけど、火事には気をつけて欲しいんだ。災害と言い換えてもいい。この透明街が不思議な空間の中にあることは、キミももうわかっているだろう？　ここはとても脆《もろ》い世界らしいんだ。火事やビルの崩壊といった大きな衝撃で空間が閉じてしまうかもしれない――そんな話があるんだ」

草平は「空間が閉じる」という光景を、うまくイメージできなかった。

「街の老人たちは『カミサマの箱庭は不安定だから』なんて言っているけどね。とにかくだ、大騒ぎはしないほうがいいってことさ。まあその辺は外界と変わらないけどね」

「わかった」とだけ草平は応えておいた。だけど自分に限っては大丈夫だろうと思った。昔から騒がしいのを好まない性格なのだ。

ふと横を見ると、里稲が住人たちになにかを渡していた。彼らは行列を作り、順番に彼女から品物を受け取っていた。

「あれ、調達の……？」

里稲は足もとに置いたバックパックから調達品を取り出して、彼らに渡していた。

「そう。調達を終えた日には屋上で火を焚くのさ。さっきの時計台の鐘の音も聞いただろう？　あれが合図だ。街の中をいちいち配って歩くのは面倒だから、ああして取りに来させるんだ。今日は里稲に任せとけばいいよ。初仕事だったしね」

しばらくするとジロウとシバタがやって来て、背後に座った。

「初仕事だったんでしょ？　どう？　大変だった？」

シバタは興味津々《しんしん》な風だった。

「大変だったよ。でもシバタの仕事のほうが重労働だと思う」と草平は応え、ジロウを向いた。「サンドイッチごちそうさま。おいしかったよ」

「礼はいらねえよ。なんたって包丁の砥石《といし》を注文したのはおれだからな。お互い様だ」

しばらく四人で会話に花を咲かせた。主な話題は外界での調達にスケボーが使えるかどうかについて――だったが、自殺行為だと草平が訴える度にシバタは肩を落とした。どうやら一度はそれで外に出てみようと思っていたらしい。

不意に軽快なリズムが辺りに響き渡った。鋭く落ちてきた雨水が、空っぽのバケツを打つような音だ。

さっきまでチェアに寝そべっていた三十代の男性が、気づくと身体を起こしていた。リズミカルな音は彼の両足の間にある、小さな寸胴《ずんどう》みたいなふたつの太鼓からだった。

彼を賞賛するように、拍手と、ひゅうひゅうという口笛がそこかしこから生まれた。

「すごい。変わった太鼓だね」

「ボンゴ」とセイジが言った。「ラテンの民族楽器だ」

そのまま眺《なが》めていると、ゴミを燃やしていた二十代くらいの女性も楽器を手にして現れた。長細い銀色の笛だった。これは草平でも知っていた。フルートだ。

彼女はボンゴを叩く男性のとなりに立って笛を横に構えると、すぐにしっとりとした音色が生まれた。フルートは太鼓の音と相まって神秘的な音楽になった。時に流れるような音にもなり、時に跳ね回るような音にもなり、形を素早く変えていく。いつの間にか群集は聴衆に変わっていた。踊っている姿もちらほら見られた。

「なにかの曲かな?」と草平は首をひねった。

「いや、即興だろうね」とセイジは答えた。

ふと思いついて彼に目を向けた。

「セイジ、きみはギターを弾かないの?」

草平が見た《clouds》の動画の中には、ボーカルの彼がギターを弾いている曲もあった。晴香がもっとも好きだと言ったのもそんな曲だったはずだ。目の前の演奏を見ていて、ふと訊いてしまった。

「――ぱっ！」

不意にシバタがおかしな声を出した。同時にぐいっとジロウに首根っこをつかまれ、草平は驚いた。

「えっ……、なに？　どうしたの？」

「どうしたじゃねえ」ジロウが耳元で囁《ささや》いた。しかし口調は強かった。「禁句なんだよ、それは」

「……どうして？」

草平はシバタを見、ジロウを見、セイジを振り返った。すると彼は無言で腰を上げ、振り返ることもせずに、近くにあった梯子を下りていってしまった。

わけがわからなかったが、今度はシバタが答えた。

「ずいぶん前になるけど、セイジがバンドのボーカルをやってたって話が広まったことがあるんだ。そのときに、ギターを弾けってしつこく迫ったやつがいるんだよ。実際にセイジはギターを持っているんだ。弾いているところは一度も見たことないけどね。それで、なんかヤバい雰囲気だなぁって思ったときには、そいつはぶっ飛ばされてた。前歯が三本くらいなくなってたよ」

「痛ましい事件だった」とジロウがうなずいた。スキンヘッドが炎を反射していた。

セイジが他人をぶっ飛ばすというのは想像しづらい。だが彼らが嘘を言うはずもないだろう。

「でも……どうして？」

「わかんねえよ、おれたちには。だけどセイジは、自分がやってたバンドとかギターとかの話はしないし、その話を振られるとかなり機嫌が悪くなるんだ。あぁ……草平に言うのを忘れていたよ」

そう言われてみれば、確かに彼は初対面のときからあまり《clouds》について話したがらなかったように思う。草平は内心で反省する思いだった。過去を詮索するのはよくないとわかっていたが、過去につながるものについても気をつけなければならないのかもしれない。次に会ったら謝ろうと思った。

だがセイジはすぐに姿を現した。

梯子を登って戻ってきた彼の手には、一本のギターが握られていた。アコースティックギターだ。それを目にすると、草平たち三人は顔を見合わせた。

「どういうこと?」と草平。「持ってるじゃん」

「……わかんない」

シバタがそう言うと、ジロウも同じく首を横に振った。

「なにをこそこそしてるのさ。おかしいかい?」

彼は口を尖らせたが、怒っている様子は見られなかった。

「……セイジ、弾くの? それ」

ジロウがおずおずと尋ねると、セイジは小さく笑った。

「ギターは弾くためにあるだろう。それにもういいんだ。ボクが弾いたって弾かなくたって、なにも変わりはしないんだから」

セイジはそう言って、ボンゴとフルートの間に割って入っていった。ギターを手にする彼の姿を見て、住人たちはどよめいた。驚きと期待が入り交じった声だ。だがざわつきは、すぐに彼のかき鳴らす音によって鳴りを潜めた。

ギターはボンゴとフルートの音の隙間にするりと入り込み、調子を合わせる。音が増えたことによって新たなメロディーがそこに生まれ、聴く者の耳を楽しませた。ゆるやかに流れる小川みたいな曲調だ――そう思っていると、彼がリードするように曲が激しくなったりもする。三人は時おり合わせる視線だけで、曲の成り行きを決めているみたいだった。草平にはとても即興とは思えなかった。

踊り出す人間が徐々に増えてきた。火に照らされながら、笑い合って思い思いのステップを踏み、くるくる回ったり、手拍子したりしている。シバタとジロウもいつの間にかその輪に飛び込んでいた。

ふと見ると里稲はまだ先ほどの場所にいた。屋上の縁に腰掛けて、音楽と火に集う人を遠巻きに眺めていた。その横顔からはなにも読み取れない。

彼女が踊ったらきっと楽しいだろうな、と草平は思った。

セイジから紙とペンを渡され、これからはそれを常に持っているべきだと言われた。

「調達人のところには必ず人が集まるから、それぞれの必要物資を書かせるといい。それで調達リストが完成するだろう」

彼はそう言ったが、自分のことを知っている人間などまだまだ少ないのでは、と草平は訝《いぶか》しんだ。だが心配は無用だった。どこから聞きつけたのか、住人たちは草平のもとにやって来た。草平はその度に食事や会話や読書を中断しなければならなかった。中には深夜に——どうやって知ったのか——草平の部屋までやって来る者もいてうんざりさせられた。

「調達人は人気者だ」とジロウがその様子を見て言った。「ま、里稲はそうでもないけどな、無愛想《ぶあいそう》だし」

彼らが希望するものは前回とさほど変わらなかった。どれもホームセンターやショッピングモールで揃えることができそうだ。そういう点は外界の人間と変わりないのかもしれない。

しかし中には目を引くものもあった。

《ＪＩＲＯ》で、ジロウとシバタの三人で花札をやっているときだった。どういうわけか透明街ではカードゲームが盛んだ。外界では知らなかった遊び方を、草平はすでにたくさん覚えていた。

「セイジは？」

花合わせという遊戯をやりながら草平が尋ねた。

「さあ。たぶん部屋に籠《こも》ってるか、街中を見て回ってるかのどちらかじゃないか？」とジロウが答えた。

「部屋に籠ってなにをするの？」

「街の食料の備蓄はセイジが管理してるって知ってるだろ。帳簿みたいなのをつけてるかも。街中を歩いているとしたら、住人たちからいろんな相談を受けたり設備の点検をしたりしてる」

「ふうん」

街に慣れてきてから気づいたことだったが、セイジはあまり人前に顔を出さない。彼を見るのは食事のときか、火を焚くときかのどちらかがほとんどだ。ふらりとやって来て、ふらりと消えるのだ。

特にこうしてただ遊びに興じている時間帯に顔を見ることは滅多になかった。

だが急に店の扉が開いた。戸口にはふたつの影があった。ひとつは草平が街へ入ってきた当初、往来でケンカを繰り広げていた太った金髪の少年だった。

もうひとつの影はセイジだった。

「彼の話を聞いて欲しいんだ」と言った。「調達人に依頼らしい」

太った少年は名前をタケヒトと言った。

「――炭酸カルシウム？」ジロウが花札を片づけながら訊きなおした。「なにに使うんだ、そんなもの。ていうか、なんだそれ？」

「粉末だ。土づくりに必要なんだよ」

汗っかきらしく、タケヒトは額を何度もぬぐっていた。

「土づくり？」草平も首をひねった。

「おれは畑をやってるんだ。お前らが食ってるトマトときゅうりは、おれが作ったものだ」

自信満々でタケヒトは言った。突き出されたお腹には野菜よりも肉のほうがたくさん詰まっていそうだと草平は思ったが、もちろん言わなかった。

「だけどよ、畑に大事なのは土なんだ。おれたちもいろいろと本とか見て勉強してるんだけど、どうやらいまおれたちが扱っている土には、炭酸カルシウムってのを混ぜるといいらしい。草平っていったっけ——なんとか頼めねえかな？」

タケヒトは両手を合わせたが、ジロウが言った。

「ホームセンターにありそうなものだけど、大きいブツはやめとけよ。そういうのって、何キロもするような、パンパンになったでかい袋に入ってるものなんじゃねえのか？　どれくらい欲しいんだ？」

「いやぁ、その、あればあるほどいいんだけど……。いろんな畑で使えるみたいだし」

タケヒトは困り顔になった。

大きいものは確かに調達しづらい。バックパックに入るものでないと隠すことができないし、入ったとしても重量のあるものは避けたい。ある程度は身軽さを保っていないと外界では危険だ。

しかしそれでも草平はうなずいた。

「いいよ」

セイジとタケヒト、ジロウ、シバタの四人がきょとんとした顔になった。

「獲ってくるよ、たぶんできると思う。炭酸カルシウムでいいんだよね？」

「お、おう」タケヒトは首を縦に何度も振った。「それがあれば助かるんだ」

セイジがふたりを交互に見た。

「本当に？　草平、無理することはないよ。ボクも一度は断ったけど、彼がどうしてもって言うからここに連れてきたんだ。誰かに見つかる可能性だって……」

「ううん、大丈夫だと思う。心当たりがあるんだ」

きっと大丈夫。草平は自分に言い聞かせた。


調達の時間に夜を選んだ。

透明街が隠されている裏路地は八扇駅からほど近い。歩けば五分もかからない。駅と真逆の方向に進めば八扇《はちおうぎ》公園にぶつかる――こちらは十分以上かかるだろう。だが目的地はさらに遠く、公園を通り過ぎてしばらく行ったところにある。そこは草平の自宅の近くでもあった。

草平はいま、里稲と公立中学校の校門前にたたずんでいた。校舎の中に明かりは見られない。

「ここ、は？」

表情こそたいして変わりはしなかったが、彼女はわけがわからないという風だった。

「ここはぼくが通っていた中学だよ。ここに炭酸カルシウムが、たぶんたくさんある」

草平は鉄柵をよじ登ろうと両手をかけた。里稲もそれに続いたが、彼女はほとんど一足飛びで飛び越えてしまった。あ然とするしかなかった。

校舎の壁の最上部には時計があり、九時十分を指していた。透明街を出てから三十分。駅から離れるほど人通りは少なくなったので、ここまでの移動は楽だった。前回に比べれば、という意味でだが。

障害物がなにもないグラウンドは、一見して無人だとわかった。静かで広い空間というのは、不思議とこちらの気分を落ち着かせてくれる。草平は無言でグラウンド脇に向かった。

プレハブ小屋はそこにあった。草平が卒業した一年前と変わりはない。

「この中にあるんだ。けど……」

視線を落とすと、ドアには南京錠《なんきんじょう》がかかっていた。これも記憶通りである。鍵は職員室の壁に掛かっているはずだ。だが校舎の中に忍び込むのは難しいだろうと思った。

里稲は手近に落ちていたこぶし大の石を拾い上げた。考えることは同じらしい。草平は黙ってそれを受け取り、南京錠がかかる金具の部分を目がけて振り下ろした。

ガツン！　予想以上に大きな音がした。無人のグラウンドに音の波紋が広がった。草平は振り返って里稲を見た。彼女も周囲を見渡していた。しかし近いところに民家はない。きっと大丈夫だろう。

もう一度振り下ろした。錠を咥《くわ》えている留《と》め金《がね》の部分がグラグラと揺れた。さらに二発叩き込んで、ようやく鍵は外れた。

小屋の中は真っ暗だった。ここには電灯がないのだ。草平は手探りで右の壁の辺りに手を伸ばした。懐中電灯がそこにぶら下がっているはずだ。

記憶通りそこには大きな懐中電灯があった。明かりを点けて中を見渡した草平は、思わず唸《うな》ってしまいそうになるほどの懐かしさを覚えた。サッカー部のボールや野球部のバット、そして陸上部のハードル、三クラブ兼用のカラーコーンなど、たくさんの用具がそこに所狭しと置いてあった。ホコリっぽい空気が鼻を撫でると、中学時代のあらゆる思い出が蘇ってきそうだった。

お目当てのものはすぐに見つかった。

「これだね、書いてある」

床には大きな袋が六つ、重なるように置いてある。青っぽいビニールの袋で、でかでかと中央に「炭酸カルシウム」とある。すぐとなりには真っ赤なライン引きが置いてあった。

「なんで？」と背後の里稲が言った。

「なに？」

「なんで、知ってる？」

「……前も言ったかもしれないけど、ぼくは陸上部に入ってたんだ。このプレハブ小屋も毎日よく使ってた。それで記憶に残ってたんだ。炭酸カルシウムはグラウンドに白いラインを引くのにも使えるんだよ――昔は石灰とかを使ってたみたいだけど」

沈黙が小さな空間に満ちた。

草平の脳裏に聖《ひじり》の顔がよぎった。ここにいると、嫌でも彼と仲違《なかたが》いしたことを思い出す。もう訪れることはないだろうと思っていたが、それがまさかこんな形で戻ってくるとは……。聖のことを思い出すと、他の記憶も一緒に襲いかかってくるようだった。穴の空いたペンケースや廊下に放り出された机、水口の言葉と壊れたアクセサリー、他のクラスメイトたち、そして晴香《はるか》のこと。

「大丈夫？」

草平が声に振り返ると、里稲が心配そうな顔で見ていた。初めて見る表情だった。

「どうか、した？」

「……え？」

そこでようやく自分の呼吸が乱れていることに気づいた。額を撫でると、冷たい汗もにじんでいた。

「なにが、あった？」

里稲は決して無表情ばかりというわけではないんだな。草平は汗をぬぐいながらそんなことを思った。当然のことかもしれないが、彼女にもちゃんと感情はあるのだと思うと、草平は少し嬉しくなった。

「ちょっとね、嫌なことを思い出して……」

草平は深く息を吸って、細く長く吐いた。それだけでなんとか楽になれた気がした。

「話して」里稲が言った。

「……話す？」

「そう、話して、楽になって」

「いや、そんな――」草平は笑って話題を変えようとしたが、彼女の強い目線を見て口を閉じた。冗談やなにかで言っているわけではないようだ。

話して楽になれ――そんなことを言われたのは初めてだった。他人に打ち明けることなんて、そもそも考えついたことすらなかった。自分には話す相手などいなかったのだからそれも当然だ。

しかしいまは里稲が聞いてくれるという。話してもいいかもしれない、と草平は思った。彼女なら、自分の恥にまみれた過去を知ったとしても、きっと笑いもせず怒りもしないでいてくれるだろう。

そして草平が口を開きかけたときだった。

小屋の外から聞こえる。その音に気づくと草平は息が止まりそうになった。誰かの足音だ。ザッザッザッ……と、グラウンドの土を滑る靴の音が、こちらにどんどん近づいてくる。

草平は里稲と目を合わせた。彼女はうんとうなずいて言った。

「それ」

里稲の目は、草平の手の中にある懐中電灯に向いていた。

「あっ……」

草平は慌ててグリップ部分をひねり、光を消した。だがそれは失敗だった。

「――おい！　誰だっ、そこに入っているのは！」

「出てきなさい！」

ふたつの声が聞こえた。

明かりを消したことでかえって存在がバレてしまった。草平は懐中電灯を床に捨てた。

ほぼ同時に、開きっぱなしにしていたドアから、中年の男性が顔を出した。手には懐中電灯があった。

私服姿の四十代ぐらいの男だ。そのうしろには制服姿の警備員がいた。こちらは三十代くらいで、細身だが引き締まった身体をしているように見えた。

「こらっ！　どこに隠れている！」私服の男がいった。草平と里稲は彼らが照らす明かりに目を細めたが、それは問題ではない。どのみち彼らには姿を見られる心配はないからだ。しかし問題は別にあった。

プレハブ小屋の中は広くない。その上、各部活の用具が空間を占拠している。四人が入れる隙間など充分にはない。

「出てきなさい！」と警備員がふたたび吼えた。

草平は大の字になって壁に背中をつけていた。目前に警備員の横顔があった。彼らの視線は棚やハードルなどの物陰に向いている。心臓が高鳴って痛いぐらいだった。いまのうちに逃げ帰るか？　だけどそれでは調達は完了しない。どうする？

どうするべきか迷い、視線を上げた。里稲はその身軽さを十二分に発揮していた。棚の上部に右足を引っ掛け、左足を壁にべたりとつけ、天井を這《は》うクモのような姿勢になっていた。

　やっぱり鍵を壊す音が大きすぎたんだ——草平は後悔した。私服姿の男に見覚えはなかったが、その風貌《ふうぼう》から新しく来た教師なのかもしれないと思った。きっと校舎に残っていたのだ。もっと詳しく調べておくべきだった。警備員は彼が呼んだのだろう。

「おかしいなぁ」とその教師らしき男は言った。「明かりがフッと消えましたよね？」

「ええ、わたしも見ました。おや、これじゃないですか？」

　警備員が懐中電灯を床から拾い上げて、カチカチとグリップを回して明かりを点けた。

「電池もありますね。なにかの弾みで消えただけかもしれませんね。現に人はいないわけですし」

「ですなぁ。どっかの悪ガキが入り込んだか……。うちの生徒ってこともあるかもしれませんが」

　やっぱり学校職員だったか……。しかし、どうやら帰る方向に事態は進んでいるようだった。ふたりは背を向けてドアに歩き出した。

　だが草平の腕にぐにゃりとした感触が走るのと、警備員が声を上げるのは同時だった。

「——うわっ！」予期せぬものに触れたとあって、彼は驚いて手を引っ込めた。

　——触れられた！　バレたか？

　草平は心臓が止まるかと思った。どうする？　口の中がカラカラに渇いていた。

「ど、どうしました？」驚いた職員が言った。

しかし警備員が答えるよりも前に、里稲が飛び下りるほうが早かった。

ドスン――という音が鳴り、ふたりは振り返った。しかし彼らは、目の前に立つ里稲を瞳に映すことはできない。いま彼女はそこで仁王立ち《におうだ》になっているというのに。

なにをするつもりだ？　だが草平が止める間もなかった。里稲は職員のほうに大股に歩み寄り、身をひるがえして右足を側頭部に叩き込んだ。

男性がばたりと横に倒れると、立てかけられていたハードルが揺れて地球が割れるかと思うほどの大きな音が小屋の中で反響した。

「ひぃっ、なに？　なに？」

悲鳴を上げた警備員が懐中電灯をあらゆる方向に向ける。対する里稲は、足もとにあった炭酸カルシウムの袋をゆっくりと持ち上げた。

「え……」

それに気づくと彼はぴたりと動きを止め、目を見開いていた。

「……浮いてる？」

完全に油断していたようだ。里稲は両手に持ったその袋をぶん回し、遠心力を乗せて警備員の顔面に放り投げた。

鼻っ面にぶつけられた警備員は、仰け反った姿勢のまま倒れ、そのまま起き上がることはなかった。

草平は仰向けに倒れたその姿を覗き込んだ。彼は白目を剥いて口をパクパクと動かせていた。学校職員のほうも息はあった。どこか怪我《けが》をしているかもしれないが、自分たちではどうしようもない。

草平は急いでふたりを外に引っ張り出し、人目につきやすくするため、プレハブ小屋の前に寝かせた。この警備員が近くの警備会社から来たのであれば、戻らないことを心配した誰かが駆けつけるかもしれない。どういう風に転ぶかまったくわからないが、とにかく早く誰かに見つけてもらうことを祈った。

念のため懐中電灯もつけて、枕元に置いた。これでさらに目立つだろう。

「どう、しよう」

顔を上げると里稲がおろおろしていた。表情は乏しいが、それでも不安の色は隠せていなかった。

「ありがとう、里稲。ぼくを助けてくれて」草平は言った。自分はなにもできなかった。

「バレた、かな」

草平は首を振った。

「大丈夫だよ。バレやしない」

「セイジ、みんな、怒るかも……」

草平は少し考えてから言った。

「黙っていよう」

「……え？」

「透明人間のことはこんなことでバレないよ。この人たちは、あとでたぶん別の、なにかまったく見当違いのことが原因だと考えてくれるさ。ぼくらが黙っていればなんの問題も起きない。ちがう?」

実際にそうだろうと思う。暴漢に襲われた、ということにでもしてくれれば透明街にはなんの影響も及ぼさない。

街への帰路、それでも里稲は自分の行いを悔いていた。必死になだめたが、草平は落ち着きを失ったその姿を見て、胸が痛んだ。彼女はまるで自分の失敗を白状できない子供みたいだった。

街道沿いを歩いているとき、ふと思いついて草平は口を開いた。

「……さっきの話を聞いてくれる? 昔のぼくの話」

うつむいていた里稲が顔を上げた。

「まったくおもしろい話じゃないけど」

さっきの出来事が彼女の失敗というなら、この昔話はまさしく自分の失敗談だ。話したところで笑えるものではない。しかし彼女の気をそらすことならできるかもしれないと考えたのだ。

「聞かせて」と里稲は言ってくれた。

こんなところでなにをしているんだろう。草平はそう思いながらも口を開いた。

「ぼくは中学に入学すると、すぐに陸上部に入ったんだ。昔から足が速くて、みんなにそれを活かしたほうがいいって言われてたから試してみたかったんだよ。ぼくが入部するって言うと、幼なじみだった聖と晴香も一緒に入ってきた——晴香っていう子はマネージャーとしてだけどね。

　ぼくは一年生の頃から都の大会で上位に入れた。周りよりも成長が早かったから、有利に働いたのかもしれない。種目は一一〇メートルハードルっていって、障害物を飛び越えて走る競技なんだ。二〇〇メートル走を専門にした聖も速くて、ぼくらは二年生になってからも、わりと良い結果を残してた」

　道路を、大型のトラックが轟音《ごうおん》を上げて通り過ぎていった。草平は会話を続けた。

「二年の半ばになると聖が部長に任命された。あいつはリーダーシップがあって、みんなからも信頼されてたから当然だ。もちろんぼくも文句はなかった。ぼくには人を引っ張る力っていうのがないしね。秋の大会も順調に行われた。でも結果から見れば、ぼくらはそこまで好成績を残せたわけじゃなかった。あの頃、『春の大会では絶対に全国に行くぞ』って聖はよく言ってたな。

　それで冬が終わって、大会目前になった。そこで負けてしまえばもうぼくらは引退だ。だからなんとしてでも勝たなくちゃいけない。ぼくも聖も晴香も、そう思ってた。だけどある日の練習中に事故が起きたんだ。その日、野球部とサッカー部が、大会だとか校外の練習試合だとかで、学校のグラウンドにいなかった。ふたつの部活がいないってことは、グラウンドを陸上部で独占できるってことになる。だから余計に力んでたんだ。『絶好の練習日和だ』ってみんなで喜んだよ」

　里稲は黙って歩いていた。しかしちゃんと話を聞いてくれていることは草平にもわかった。

「部活を始めるときは必ずストレッチとか、簡単なトレーニングを部員全員でやるんだ。それが終わってようやく各競技の練習に移る。聖の競技、二〇〇メートル走は普段はろくな練習ができないんだ。いつもは三つの部活でひしめき合っているから、トラックを長く使う競技は、必然的に最初のスタート辺りの練習しかできない――だけどその日は広く使えた。だからぼくも自分の練習を始める前に、彼らのサポートに回ろうと決めたんだ。ぼくはトレーニングに使ってた用具を箱に詰めて、それを持ってグラウンドを横切った。そしてさっきのプレハブ小屋に仕舞ったつもりだった。

小屋から出ると、すぐに聖たち二〇〇メートル走の選手が走り始めたよ。カーブからスタートして直線に入った――そのとき、聖が転倒したんだ」

草平はしばらく黙った。あのとき聖が転んだ光景はいまでも覚えている。ボロ雑巾みたいに転がった後の彼は、うつろな目を宙に向けていた。

「全速力を出しているときの転倒っていうのは、すごく危険なんだ。実際に聖は頭を打っていて、すぐに救急車で運ばれていった。ぼくは晴香と一緒にそれを追うべきだった。だけど、どうしてもその前に気になることがあったんだ」

「気になること？」と里稲が言った。

「……うん。聖が転ぶ瞬間、あいつの足もとから光るものが跳んだのが見えたんだ。それを確かめたかったんだ。すぐに見つけた。普段の練習で使っているホイッスルだったよ。こんな小さいやつ――」

草平は人差し指と親指で小さなU字を形作った。

「――それは、あの小屋に仕舞った箱に入っているべきものだったんだ。ぼくがグラウンドを横切ったときに、そこからホイッスルを落としたことは明らかだった。それを聖が踏んづけて転んだ――そういうことだった。障害物が落ちているなんて、あってはいけないことなんだ。ぼくはもっと気をつけるべきだった。聖は足首を骨折してしまって、結局、最後の大会には出られなくなった。それが原因で、ぼくはあいつに嫌われてしまったんだ」

里稲はすぐに言った。

「それは、しょうがないこと。草平に、悪気《わるぎ》はない」

草平は顔を上げた。彼女に名前を呼ばれたのは初めてかもしれなかった。

「……悪気は確かになかったよ。でもただの骨折じゃなかった。足首の骨折っていうのは治りにくいらしくて、しかもあいつのには後遺症がついて回ることになったんだ。軽く走る程度にまでは治るけど、もう全力疾走はできないんだって」

里稲は口を閉じた。草平は続けた。

「だけどね、はじめ、聖は怒ってなかったんだ。謝るぼくに、しょうがないことだって笑ってくれさえした。『面倒だから他の部員には言うなよ』とも言ってくれた。信じられなかったよ。怪我を負わせた僕を、笑って許してくれるなんてさ。病室のベッドで『高校に入ったらマネージャーをやるよ』とまで言ってくれた。けど、ぼくはそれも裏切ったんだ」

「どういう、こと？」

「ぼくのうちはそんなに裕福じゃなくて、ぼくを高校に通わせるだけで精いっぱいだったんだ。部活って用具とか大会遠征とか、なにかとお金がかかるから。アルバイトをするにも学校が厳しいし。で、中学を卒業する頃、やっとぼくは打ち明ける気になった。『高校では陸上を続けられない』ってそう言ったんだ。だけどちょっと軽い気持ちになっていたと思う。ぼくは心のどこかで、またあいつは許してくれるだろうって、思ってたのかもしれない——」

草平は続ける。

「——でも駄目だった。あんなに怒った聖は初めて見た。『お前に託すつもりだったのに』って言われたよ。『裏切るのか』って。ぼくだってできることならそうしたかった。走れなくなった聖の分も走りたかった。だけど無理だったんだ……」

そして怪我を負わせたことが最近になって知れ渡り、草平は教室で迫害されることになった。彼らは完全に聖の味方だった。自分へのイジメをようやく自覚し、そして彼らの行動の理由を知ったとき、草平はそれも当然だと思った。明らかに聖は被害者で、自分は悪者なのだ。

草平は二年五組でのことまでは里稲に言わなかった。言ってどうなるものでもないし、なにより情けない話はこれ以上する気にはなれなかった。

彼女は黙っていた。街の明かりに照らされた横顔からは、いまの話を聞いてどんな思いを抱いたのか、窺《うかが》い知ることはできなかった。しかし、余計に暗くさせてしまったかもしれないと思うと、草平は少し後悔した。やはりこんな話を言うべきではなかったのかもしれない。

透明街に戻ったとき、おそらく零時ぐらいにはなっていただろう。しかし顔見知りの住人たちはほとんどが起きていた。

「おかえり」

彼らに迎えられると、やはり安堵してしまう。

「ただいま」

そう応えて、草平が炭酸カルシウムの袋をバックパックから出すと、「おお」と周囲はどよめいた。

里稲と合わせて四袋の収穫だった。

タケヒトは感謝しきりだった。

「ありがとよ、草平！　これで次もまた美味い野菜が作れそうだ」

巨体に抱きつかれながら草平は言った。

「でも農業用のやつとはちがうかもしれないよ」

「大丈夫じゃねえか。炭酸カルシウムにはちがいねえし」

まったく気にしない様子だったので、草平もそう思おうと決めた。

セイジはみんなの輪から外れたところにいた。彼も驚いたようだった。

「やるねえ。どこで獲ってきたの?」

中学校の倉庫だと伝えると、彼は舌を巻いた。

「誰にも見つからなかったかい?」

「……もちろん。大丈夫だよ」と草平は笑った。「楽勝だったね」

その後、ジロウが作り置きしてくれた食事を里稲とふたりで食べた。みんなと別れ、草平が自分の部屋の戸に手を掛けたとき、となりの部屋に入ろうとしていた彼女がぽつりと言った。

「草平は悪くない、と、思う」

「……え?」

彼女はじっとこちらを見ていた。

「今日は、ありがと、ね」

小屋での件を秘密にしてくれたお礼だと思い当たった。しかし助けてもらったのは自分のほうだ。礼を言うのはこっちだよ——そう言おうとしたが、里稲の口もとに咲いた微かな笑みに気づいた。それは本当に小さく、風が吹けば消えてしまいそうなほどだったが、確かに彼女は笑っていた。

ぼけっと見とれているうちに里稲は部屋に戻ってしまったが、草平はしばらくそこに突っ立ったままだった。

# 第6章 大胆な夜遊び

I n v i s i b l

調達には慣れてきたつもりだった。草平《そうへい》自身はそう思っていた。しかし里稲《りいな》のように軽業《かるわざ》をやってのけるのはまだ無理そうだ。それだけが気がかりだった。

外界《がいかい》で彼女にやっと追いついた草平は、そのことを伝えた。

すると「別に、いいよ」と、彼女は自分の髪を撫《な》でつけながら言った。「ふたりに、なったから。その分、多いし」

一度に調達できる量が増えたから良し、と言いたいらしい。気を使ってくれているのかもしれない。

里稲の口調は、相変わらずセリフだけ見てみると無愛想《ぶあいそう》だが、少しやわらかくなってきたように思えた。

その日も調達から戻ると、店先でじゃがいもの皮をむいていたジロウが手を上げた。

「よう。おかえり、ふたりとも」

「ただいま。火の準備は?」草平が尋ねると彼はうなずいた。

「もう取りかかってるはずだよ。おれも追うから、先に上がってなよ」

「わかった」

里稲とふたりで階段を上っていくと、夕暮れの屋上にはもう人だかりができていた。

「おっかえりー」

ちょうどドラム缶を運び終えたシバタが手を振っていた。となりにはセイジもいた。

「ただいま」

草平はバックパックを下ろした。肩が空気みたいに軽くなった気がした。

「ただ、いま」

里稲が小声で言うと、シバタが目を丸くした。草平も驚いた。

「お疲れさま」

セイジがそう返事をすると、里稲は満足気《げ》にわずかにうなずいた。

じきに暗くなってきて、時計台の鐘の音が鳴った。

ぞろぞろと集まる住人たちに、草平と里稲は希望した物資を渡していく。「これあげる」と言ってあめ玉をくれる者、「ありがとよ」とだけ言って去っていく者、無言で引ったくるみたいに持っていく者など様々だ。

品物をすべて渡し終えたとき、草平は目の端で梯子を下りるセイジの姿を見た。視線をそこから九十度横に滑らすと、火の周りではシバタたちがリンボーダンスの真似事をしていた。ジロウたち料理人は、巨大な鉄板をセットしてなにか作ろうとしている。宴はこれから盛り上がるところだ。

草平はセイジのあとを追って梯子を下りた。

そのビルの内部は、寝ぼけたみたいにはっきりしない蛍光灯がずらりと奥まで続いていた。どこかから水が滴《したた》る音が聞こえる。草平が初めて入るビルだった。

通路の向こうに、セイジの小さくなった背中を見つけた。

「セイジ!」

声は真っすぐ響いて、セイジが振り返った。

「なにしてんだ? 上にいなよ」

しかし草平は彼のあとを追った。

しばらく歩くと吹き抜けの下に出た。中庭のようになっていて、角にはレンガで縁取《ふちど》った花壇であった。紫陽花《あじさい》が咲いていた。

薄暗い中、セイジは脇のベンチに腰を下ろし、足を組んでいた。

「なにしに来たんだい?」

明らかにいつもの彼の様子とはちがった。

「……屋上に行かないの? みんな、きみの演奏を楽しみにしてるよ」

「今日はいいんだ」

視線をあらぬ方向に向けたまま冷たい声で言った。少し迷ったが、草平は彼のとなりに腰を下ろした。

「キミは行きなよ。まだ火を焚《た》くのに慣れちゃいないだろう」

「おかしなことを言うね」草平は極めて平然として言った。「透明街《とうめいがい》は自由の街だろう? 初めて会ったとき、きみがそう言った。ここにいようと思ったからぼくはいまここにいる。それだけだよ」

セイジは口を開いた。言い返そうとしたのかもしれない。しかし短く笑った。

「ああ言えばこう言う、だね」やれやれ、といった調子で彼は首を振った。「初めて会ったとき、キミはもっと従順な感じがしたよ。でもいまはしない。街のおかげで変わったのかい？」

今度は草平が首を振った。

「ぼくはなにも変わっていない。ただ、そのときにあまり良い印象をきみに与えなかっただけだよ」

「いや、そんなことはないさ。キミに初めて会ったとき、ボクはむしろ面白いやつが来たと思ったよ」

「……なにそれ？　そんなことを言われたのは初めてだよ」

どういう反応をすればいいのか困る。

「いったいどんなところが？」草平は率直に訊いた。

「そうだな……」と、記憶を探るように彼は視線を上げた。「初対面で笑わなかったところかな」

セイジは上空の四角い夜空を眺《なが》めていた。草平はその言葉の意味を考えていた。しかしまったくわからなかった。

「……はい？」

「嫌いなんだ。初めて会ったってのにニコニコと笑いかける人間が。そういうやつには虫唾《むしず》が走るね」

「どういうこと？」

「どうもこうもないさ。初対面で愛想《あいそ》良く笑うやつは、まず間違いなく腹の底でなにか企んでる。うまく利用して儲《もう》けてやろうとか、こいつと仲良くなっとけば後々《あとあと》いいことがありそうだとか——さ」

草平は思わず顔をしかめた。不快感ではなく、セイジの言う意味が未だに飲み込めなかったからだ。

「なんの話をしているの？　それは……きみの言うそれはまるで偏見じゃないか」

「偏見さ」セイジは笑った。なにを当たり前なことを、とでもいうふうに。

「草平、ボクはあらゆる偏見に満ちた人間なんだ」

「……他にもあるの？」

「たくさんあるさ。『歩く速度が早いやつはプライドが高い』とか『ブランド志向の人間は劣等感のかたまり』とか『文句を垂れるやつほどなにもしないクズ』とか『礼儀正しすぎるやつほど内心では他人を小馬鹿《こ》にしてる』とか、そういうのだ。あ、『メールアドレスを頻繁《ひんぱん》に変えるやつは人格に問題あり』っていうのもあるな」

セイジが早口で言い終えると、草平は腹を抱えて笑った。

「せ、セイジ。なんだよ、それ。それは……」

込み上げる笑いが邪魔をして上手に喋《しゃべ》れない。こんなに笑ったのはいつ以来だろう。

静まったりふたたび笑い出したりを何度か繰り返し、ようやく草平は落ち着くことができた。ふうと息を整えてひとまず沈黙すると、四角い空から住人たちの笑い声が降りてきた。キャンプファイヤーも盛り上がっているようだ。

草平はふたたび口を開いた。

「なんだってそんな偏見ばかり持ってるのさ？　きみの言ったことは……なんとなくうなずけるものもあったけど、個人的なものもあったように思う」

「外れていたっていいんだよ」セイジは言った。

「学校やなんかでは、偏見を持たないように生きましょうって教わるかもしれないけど、ボクに言わせればそれは間違いさ。偏見っていうのは価値観そのものだよ。これっぽっちも偏見を持っていない人間がこの世にいるとしたら、そいつは自分の経験からなにも学ぼうとしない薄っぺらなアホさ。そういうやつは信用できない。考えを放棄しているってことにつながるからね」

草平はもう笑うつもりはなかった。黙ってその少年の横顔を見ていた。物腰やわらかに見えるが、彼の中には燃え上がるようななにかが確かにあるみたいだった。それを垣間《かいま》見た気がした。

「……きみはどうしてこの街に来たの？」

訊《き》いてはいけないことだとわかっていたが、それでも知りたくなったのだ。

セイジはじっと黙って前を見つめていた。三分くらいそうした後、口を開いた。

「二年前を思い出したんだ。《clouds》が、ネット上でそれなりに有名になっていたのは知っているよね。そのおかげでライブにも足を運んでくれる人が徐々に増えたんだ。ボクはそれで満足だった」

セイジは深く息を吸って続けた。

「よくある話さ。使ってたライブハウスの店員が、ボクらの知らないうちにレコード会社のスカウトマンを呼んでいたんだ。あるとき、デビューしないかって声をかけられた――プロダクションも同時に紹介するからって、初対面からニコニコ顔だったよ。まあタイミングだけで言えばばっちりだったよ。ちょうどネット上で火がついて、ライブに来る固定客も増えつつあるときだった。だけどバンドを結成したときから、プロを目指すのはやめておこう、インディーズ路線のままでいいってメンバーで話し合って決めていたんだ」

「どうして?」草平が訊いた。

「難しいからさ、プロっていうのは何事も。音楽は特にね。どうしても流行り廃《すた》りに左右される部分が大きいんだ。だから断るつもりだった。だけどメンバーの内のふたり、ギターとドラムはある日、ボクだけ呼び出したんだ。そして『ここは誘いに乗るべきだろう』って訴えてきた」

草平は黙って続きを待った。

「そしたら今度は別のふたり、ベースとキーボードが反対を叫んだんだ。キーボードはけっこうイッちゃってる奴だったからデビュー反対は意外だったけど、それでもバンドの元々の方針をとったんだろうと思った。『無謀だ、バンドはいまのままやっていこう』って言ってたな。人気があるのはどうせいまだけだって判断さ。《clouds》は五人組、だから残るはボクだけになった」

短い間があった。

「そのときのボクは、デビューしてもいいし、しなくてもいいという意見だった。ただバンドは続けたかった、いまのメンバーで――それだけなんだ。でもだんだんと様子がおかしいって気づいた」

「……おかしいって？」

「直接話し合わないんだよ、あいつら。デビュー派も、現状維持派も、なぜかボクに向かって言うんだ。でもリーダーはボクじゃない。リーダーは現状維持派のベースだ。どうにも嫌な予感がしてきた――どちらもなにか隠している感じがあったんだ。それでスカウトマンを呼んだライブハウスの店員に問いただしたら、結局レコード会社が欲しがっていたのは、ボクひとりだったって話さ」

「……セイジだけ？」草平は首をひねった。

「ああ」セイジは目を閉じて言った。もうなにも見たくないという風に。

「ボクみたいな顔をした人間がロックミュージシャン然として歌っているのが、やつらにとっては貴重だったらしい。すでに固定ファンが一定数あるってのもポイントが高いんだろう。そこで大筋はもう読めた。デビュー派のふたりにはなにかを握らせたんだろうね――それが金なのか、なにかの条件かはわからないけど――ボクを説得するように命令したのさ。

　対する現状維持派は、たぶんそれをすでに断っていたんだ。つまりレコード会社は外堀から埋める作戦に失敗した。それで、ふたつの派閥はボクを取り合っていたのさ。それからどうすればいいか迷った。でもボクには迷っているひますら与えられなかった。目を離した隙《すき》に、デビュー派のギターが先走った。

なぜかレコード会社の人間に『問題は解決した』と伝えて、ボクたちの許可もなく契約書にサインしたんだ――大バカ野郎さ。しばらく経ってそれが発覚して、バンド内はぐちゃぐちゃに荒れた。しかも提出した書類はそいつひとりのサインだけでどういうわけか通ってしまって、破談には違約金がかかるとか会社側に言われてね。とんでもない額だったよ――ボクたちはライブでディスクを売ってたから小金はあったけど、それでもすごい金額だった。冷静になったいま考えると、そんな馬鹿な話はない気がするけどね。まぁとにかくそれが原因である日、キーボードの男がやっちゃったんだ」

草平はすでにただならぬ気配を感じていた。

「……やっちゃったって？」

「ボクはもうその頃かなり疲れていた。もうとにかくこのゴタゴタを終わりにしたいっていう一心だった。その日ひとりでこっそりレコード会社に向かったんだ。受付でスカウトマンを呼び出してもらって、会った瞬間に頭を下げたよ。世間知らずで無垢《むく》な若者っぽくね。そして予想通りだった。向こうは『きみひとりが契約するなら違約金の件は白紙にして、代わりのバンドメンバーをこっちで用意してやる』って持ちかけてきた。あいつらを助けるためだから仕方ない――ボクはその話に乗ろうと思ったよ。プロダクションの人間もその場に呼んで、すぐに六枚ほどの契約書にサインさせられた。専属契約とか著作権関係とかゴーストライターを使用した場合の守秘義務とか、そういった内容だったはずだけど、細かいことは忘れた。ボクはもう疲れてたんだ。だけどビルを出た途端、ドラムの男から電話がかかってきた。どっしりとしてて普段は寡黙な男なんだけど、そのときは完全に取り乱してたね。そいつが言うんだよ、キーボードがギターの顔面をナイフで刺した、ってね」

草平はなにも言えなくなった。静寂がセイジの前を通り過ぎていった。

「ギターの男は右目の下に大きな穴が空いたけど、なんとか一命を取り留めたよ。だけどキーボードは現場から逃亡したんだ」

「……見つかったの？」

「ああ。三日後に発見されて逮捕されたよ。そして覚せい剤反応が出た」

セイジは続ける。

「それで警察が動いて、ギターの尿検査もやった。そしたら案の定、陽性だったよ。治療中のギターは退院を待って逮捕されることになった。ボクたち三人からはもちろん出なかった。後から知った話じゃ、ギターはキーボードが仕入れてくるクスリをちょくちょくもらっていたらしい。だけど、キーボードはお調子者に見せかけてクスリには冷静だった。あいつがメジャーデビューに断固として反対していたのは、人目に触れたくなかったからなんだとさ――売人に顔を覚えられてるから、デビューしたら強請《ゆす》られると考えたんだろうって刑事が言ってたよ」

セイジは鼻からゆっくりと息を吸って、そして吐いた。

「そんなの……知らなかった……」草平は言葉を探しながらあえぐように言った。「だってニュースでもなにもやってなかったし……」

だけどセイジは静かに首を振った。

「いや、ニュースにはなったよ。なんせ殺人未遂だ。ただし出たのはギターとキーボードの本名だけだ。《clouds》という名前は一切出なかったはずだ。不幸中の幸いがひとつだけあった。事件が発覚したのは、ボクが会社側と契約を結んだ後だったことだ。レコード会社とプロダクションはかなり大手で、事件の全貌を把握すると、頼んでもいないのに裏からマスコミへ手を回してくれたんだ——バンド名だけは出さないでくれってね。出せば契約してしまったボクにすぐ辿《たど》り着くからさ。マスコミはそれを了承したみたいだな。所詮ネット上だけで流行ってたバンドがポシャっただけで、たいして世間は食いつかないって判断だと思う。マスコミはレコード会社とプロダクションに恩を売っとくほうを選んだのさ。

三人になったボクたちはもう気力すら残ってなかった。警察署から帰る道中、『どうしてこんなことになったんだろう、すまん、おれのせいだ!』って、いかついドラムが子供みたいに泣きじゃくったのを覚えてる。ボクとリーダーのベースはなにも言えなかったよ。ドラムを責めるのは筋違いだ。あいつは夢を抱いただけなんだから。問題は純粋に夢を抱いたのがあいつだけってことだ——ボクたちは結束してなかったのさ。その場で別れたよ、いつもみたいに。だけど、やつらとはそのままそれっきりだ。

その後、契約はどうなったか気になるかい? ボク自身は潔白ではあるけれど、もちろんそんないざこざを伏せた状態でデビューさせるわけにはいかない。数日後、例のスカウトマンから電話がかかってきて、『契約をなかったことにして欲しい』って言われたよ、無条件でね。ボクは『くそくらえ』って言って電話を切った」

セイジは座ったままうな垂れる姿勢になった。

「それで、なにもかも嫌になって、ボクはしばらく外に出ることをやめたんだ。だけどネット上でも《clouds》の名前を見かけることはあったし、ライブハウスとかからも電話がひっきりなしにかかってくる。逃げることなんてできないんだ、とようやく気づいたよ。もう生きていてもいいことなんてなさそうだなって気分になったとき、気づいたらなっていたんだよ――透明人間に」

嵐が去った後のような静けさだった。草平は身じろぎひとつできなくなっていた。

「草平の話も聞かせてくれないか？」セイジがちらりと草平を見た。「……無理にとは言わないけど」

草平は戸惑《とまど》った。彼の話の後に続けというのか？

「……ぼくはセイジの問題に比べたら、その、小さいっていうか」

「不幸自慢なんて期待してないさ」

セイジはそう言ってにらんだ。草平は身を引いた。鋭く光る瞳に真っすぐ射られると、心の底に溜まる泥まであらわになった気がした。

それから草平はこれまでのすべてをかいつまんで話した。里稲に話した以上のこと――教室でのイジメや叔母との仲、両親のいない生い立ちについて、すべてを。

ただたどしくなってしまったが、となりに座るセイジは波の音でも聞くみたいに、静かに耳をかたむけていた。一度も口を開くことはなく、草平は自分のペースで話すことができた。

しかし話し終えると、青白く燃える炎みたいになった。

「なんだ、その聖《ひじり》ってやつは……。クソ野郎だな」セイジは吐き捨てるような調子で言った。

「ひどいことをされたんだな……」

「いや――」草平はびっくりした。「――ぼくがいけないんだよ……。あいつに怪我させて、その上、期待を裏切ってしまったんだし」

だが彼は首を振った。

「そいつは自分の立ち位置からでしか物事を見られない、狭量なやつだよ。他人の事情を推《お》し量《はか》ろうともしない頭の悪い野郎だ。どんな理由があったって、友人だったやつにそこまでしていいわけがない」

セイジはまるで自分のことのように怒っていた。草平は呆然と彼を見ていた。これまでこうやって自分のために怒ってくれる人に出会ったことがなかった。

「ボクはキミを裏切らない」

セイジが出し抜けに言った。

「その聖とかいうやつみたいに、キミを傷つけたりもしない」

草平は顔を背けた。ここが薄暗くてよかったと思った。自分のいまの顔を見られたくなかった。

「……ぼくもきみを裏切らないよ。きみを利用したりもしない」

それだけは言っておかなければならない、と思った。

しばらくするとセイジが立ち上がった。

「よし、行くか」

「どこへ？」

「もちろん屋上さ」


ふたりが戻っても、宴はまだ盛り上がっていた。彼らはセイジの到着を待っていたようで、もはや恒例となったアンサンブルがすぐに始まった。曲もやはり即興だったので、時おり誰かが間違えることもあったようだが、それはたいした問題ではない。音はもはや波ではなく、熱風を思わせる高まりへと昇華していた。勢いは聴衆にも伝わり、シバタや他のスケボー仲間、また別の少女の集団なども加わり、演奏は炎を囲んだダンスパーティーへと変わっていった。

空っぽだったドラム缶に草平は腰を下ろし、彼らを見ていた。五十人近くが踊り狂っていた。

「草平！」

熱気と興奮がうずまく中、セイジから声がかかった。見ると、ギターを弾きながらもこちらに視線を送っている。器用なものだ。草平は慌ててドラム缶から下りて彼に駆け寄った。

セイジは草平を見上げながら口を動かした。

「――を――なよ」

「……聞こえない！」草平は声を張り上げた。

「里稲を誘いなよ！」

ぎょっとして草平は身を引いた。

「なんだって？」

「言った通りだ。里稲を誘えって言ったのさ。キミには彼女について知らないことがある」

草平は耳をすませた。

「彼女は外界《がいかい》で生まれた人間じゃない」

草平はセイジの顔を見た。しかし冗談などではないようだ。

「里稲は透明街で生まれた透明人間さ。透明人間から生まれた透明人間って言ったほうがいいかな？」

草平は振り返って里稲を探した。彼女は遠くの暗がりに腰掛けていた。能面《のうめん》のように表情を変えず、
周囲との温度差が激しかった。

セイジに視線を戻した。ギターの弦《げん》から目を離しているのに、指だけは細かく動き続けていた。

「……お、親は？　あの子の親はこの街にいるの？」

「死んだらしい、どちらもね。キミと同じさ」

「なんで……？」

「キミと組んでからあの子は変わったみたいだ。とにかく誘いなよ！　そのほうが楽しいだろ！」

セイジはふたたびギターに集中した。ボンゴとフルートに囲まれたセイジはとても楽しそうだった。炎に照らされた額の汗が光の粒となっていたが、気にする素振りも見せない。

――生まれたときから透明人間？

それがどういうことなのかうまく想像できなかった。しかし彼女が周囲の人間とはちがう雰囲気を持っている理由が、ようやくわかった気がした。

草平は踊る住人たちを見た。男女で踊っているのもいれば、女同士や男同士だっている。レコードのように回ったり、足を上げたりしているだけだがとても楽しそうだ。

里稲に歩み寄った。

小麦色の肌が炎に照らされてきれいだった。草平が口を開く前に彼女に先を取られた。

「楽しそう、みんな」

その横顔を見て、草平も心を決めた。

「……踊らない？」

里稲は意表をつかれたようだ。わずかに目を大きく開き、草平を見た。心臓の鼓動が周囲の音をかき消していたが、草平は平静を装った。「踊ろう」ともう一度言って、手を差し出した。

里稲の目はじっとその手に注がれた。草平は肺に穴が空いたような息苦しさを感じていたが、やがて彼女は小さな声で応じた。

「――うん」

そしてふたりは手を取り合い、炎は遅くまで燃え続けた。

どれくらい経ったのだろう。

自分が外界から姿を消して流れた時間は、一週間や二週間では済まないはずだ。もしかしたら一ヶ月はとうに過ぎているのかもしれないが、草平にとってはたいした問題ではなかった。

その日も調達を無事に終えることができた。しかし時間がかかりすぎて、すっかり夜は更けていた。調達はたいていが日中に行われる。閉店した店舗に入れば証拠を残すことになるし、また調達の最中に運悪く閉店時間を迎えた場合、そのまま店の中に閉じ込められることも充分に考えられるからだ。

草平は里稲とふたりで寂れた路地に顔を出した。向かいの雑居ビルから仕事を終えたばかりらしい、ふたりのサラリーマンが出てきただけで、他に人気はない。古書店の前まで来ると、店の中の時計が目に入った。八時五十分だった。

「遅くなったね」振り返って草平は言った。

「仕方ない、ね」と彼女は応えた。

そのとき、草平は彼女の肩越しの光景を見て固まった。その瞳も凍《い》てついたようになって、動けなくなってしまった。

路地の先は別の通りと交差している。休日になると混雑するところだが、平日の夜であるいま現在は、人影がひとつしかなかった。影は右からやって来たらしく、そのまま左に消えて見えなくなった。

少し遅れて、数人の若い男たちがだらだらと後を追うように現れ、消えた。彼らと一緒に黒いワンボックスカーが、歩く速度を保つようにのろのろと横切っていった。それを見て草平は不吉なものを覚えた。

「……知ってる、人？」

里稲が首をひねった。

「いや――」草平は反射的に首を振った。「――ごめん、里稲、ちょっと忘れ物をしたみたいだ……」

里稲は、今度は反対方向に首をひねった。

「忘れ物って？」

「……調達したいものがあったのを忘れてたんだ。読みたかった本があって……」

「草平は、本が好き」

「うん」

草平がひとりになったときに本ばかり読んでいることは、いまではたくさんの住人が知ることだった。

「先に戻っててもらえるかな？　帰ったらすぐに屋上に行くから」

「わたしも、行く」

「ひとりで大丈夫だよ。それに、今日はジロウがケーキを焼くって言ってたよ。なくなっちゃうかも」

「ケーキ」里稲はカミナリに打たれたみたいに背筋を伸ばした。

最近知った事実だが、彼女は甘いものに目がないらしい。草平が調達のお返しに住人たちからもらうあめ玉などの菓子類は、すべて彼女の口の中に消えていた。

バックパックを彼女に頼み、草平は来た道を引き返した。遠目に見ても間違いないと断言できる。

——晴香《はるか》だった。

その道は人気のない小さな公園が右手にあって、雑木林《ぞうきばやし》が多く、夜は不気味なところだ。しかし十分ほど進めば、晴香や聖たちが住む地区にぶつかる。そこには草平が以前住んでいたアパートもある。

晴香は道の先にいた。うしろ姿でもわかる。だが彼女を追っているのは草平だけではなかった。四人の男たちが、晴香のうしろ五メートルほどを徘徊するように尾けていた。黒のワンボックスカーは草平のすぐ近くに停車していた。鼓動が早まる。辺りに目を走らせたが、目の届く範囲に人はいなかった。

晴香は背後の男たちにまったく気づいていないようだった。

公園の前を通り過ぎ、雑木林が道の両端に増えてくると、男たちはついに動いた。

「こんばんわぁ！　ちょっといいですかぁ？」

ひとりが晴香の前に躍り出た。金髪の猿みたいな頭をした男で、ワイドショーに出てくるリポーターを気取ったような言い方だった。

「こ、こんばんは……」驚いたようではあるが、晴香はそれに応えた。

「暑いねぇ、今日は」と、今度はキャップを被った男が晴香の肩に手を置いた。

「ええ、そうですね」晴香は依然として危機感を抱いていない。「今年も暑くなりそうですね」

彼女の背後に残ったふたりが、それを聞いて忍び笑いをしていた。不安の欠片《かけら》も未だに感じていない様子が、こらえきれないほどおかしいらしい。晴香は無防備すぎるのだ。

晴香は前後を四人に囲まれた形になった。後ろに控えた男のひとり——白い大きなパーカーを着た男——が声をかけた。

「こんなところでなにしてるの？」

晴香はようやく身の危険を感じ始めたようだ。

「……家に帰るところです。すぐそこなんです」

それは晴香なりの機転を利《き》かせた嘘だったが、男たちには通用しなかった。

「へぇ、こんな時間に。部活帰りとか？」と後ろにいたもうひとりの男が問いかけた。四人の中では最も背が高く、草平よりも頭ひとつ分大きかった。しかし身体は細く、丸い後頭部を含めると、全体はもやしのように見えた。

その瞬間、前にいた金髪の猿が動いた。晴香の肩をつかんで、ハンカチを握ったもう片方の手で口を覆った。

キャップを被った男もその動きを待っていたかのように、晴香の腰にしがみついた。弾みで彼女の身体は宙に浮き、スカートの裾《すそ》から白い足があらわになる。突然のことに晴香は声を上げたが、それは口元の布に阻まれて低いうなり声にしかならなかった。

キャップの男が晴香の腰を肩に抱え、上半身を猿が支えた。すると白いパーカーの男がこちらを振り返った。草平は男と目が合った――しかしそれはちがう。片手を大きく振ったパーカーの視線は草平を突き抜け、その先へ飛んでいるのだ。

ブウン、という巨大な蜂のような音がしたかと思うと、すぐに草平の脇を黒塗りのワンボックスカーが通り抜け、男たちのそばで停まった。

――こいつらは晴香を連れ去る気だ！　どうすればいい？

しかし迷っているひまはない。草平は走り出し、目の前にいたもっとも背の高い男に体当たりをかました。

男が道ばたに吹っ飛ぶと、残りの三人は飛び上がった。

「おい、なんだ」パーカーの男が倒れた男を見た。「なにしてんだ。転んだのか？　さっさと消えようぜ、いい女だ」

声をかけられても男は起きなかった。気を失ったらしい。四肢《しし》をだらりと投げ出したその格好は、食べ残しの器に一本だけ残ったもやしみたいだった。

草平はもやし男を覗《のぞ》き込んだパーカーの男の首根っこを背後からわしづかみ、渾身の力を込めた。

「いだだだぁっ！」

「お、おい！　なんだ、どうした！」晴香の上半身を持った猿が、パーカーの異常なまでの反応に慌てた。だが彼らにわかるはずもない。

首からパッと手を離すと、動転したパーカーの男はとっさに背後を振り返った。しかし空っぽの空間を前にして、すぐキツネにつままれたような顔になった。

すかさず草平はパーカーの男の股間を、ありったけの力で蹴り上げてやった。局部に炸裂した瞬間、男の口から壊れかけの金管楽器みたいな声が出た。

キャップの男と金髪猿は異変にようやく気づいたらしい。急いでワンボックスのトランクを開け、そこに晴香を寝かせる。人質の監視を猿に任せ、キャップの男は倒れた男たちに駆け寄ろうとした。

しかし草平はそれをさせない。手を伸ばして彼の右耳を思いっきり引っ張り上げた。

「あああああぁっ！　痛い痛い痛いいだいいだいいだい……」

片足を浮かせてテノール歌手のように高い声を出すその姿は滑稽《こっけい》だった。草平は鼻で笑ってから、身体をひねり、彼の腹部に右のこぶしをめり込ませた。身体がくの字に曲がった。そして緩慢な動作でその側頭部を両手でしっかりと押さえ、素早く顔面に膝《ひざ》を食らわせた。ぐしゃり。しかし男のダメージがハッキリしなかったので、さらにもう一度食らわせてみた。

鼻が左に曲がって前歯を二本ほど失ったキャップの男は、顔中を血だらけにしてその場に仰向けで倒れた。きれいな大の字だった。まぶたの隙間から眼球がためらいがちに動いているのが見えたので、なんとか意識は残っているようだ。

「だ、誰だっ！　出て来いや！」

振り向くと、ナイフを前に突き出した猿がワンボックスから降りていた。草平はその肩越しにトランクの内部を見た。

晴香は猿ぐつわをされて、後ろ手に縛られていた。

それを見て頭の奥が熱くなった。彼女のそばには三十代ぐらいの男が座っており、キョロキョロと辺りに目を走らせていた。チンピラ風の派手な服装と年齢からして、奴が主犯格だろうと草平は思った。なんせ車を運転するだけの役割で済んでいるのだから間違いない。

トランクの前に立った猿は、なおも叫ぶ。

「おらぁっ！　ヒキョーもんがぁ、隠れてんじゃねえぞ、こらぁ！」

しかし飛び出しナイフを前方に向けたその手は震えていた。音を立てずに横から近寄った草平は、猿の顔に回し蹴りを放った。

衝撃を受けてナイフを落とした猿はその場でたたらを踏んだ。しかし意外にも倒れなかった。痛みよりも先に疑問を感じたのかもしれない。猿の顔には、はっきりとクエスチョンマークが浮かんでいた。

「どうしてなにも見えないんだ。そう思っているんだろう？」

草平は突き出たアゴ目がけて、渾身の右ストレートを放った。そこが人体の急所であることを、草平は本から学んで覚えていた。金髪の猿はひざからその場に崩れ落ちた。

右のこぶしがひどく痛んだが、構っているひまはない。草平はワンボックスへ駆け寄った。トランクに座る晴香は、いつの間にか手足が自由になっていた。わけもわからない様子で辺りを見回していた。

主犯格の男はこちらに尻を向けて、運転席のほうへ無様《ぶざま》に這《は》っているところだった。

「ひっひっひぃっひぃっ……」

チンピラ男の口からおかしな音が漏れていた。笑いなのか悲鳴なのか、声なのか呼吸なのか、よくわからない音だ。

「逃げる気か！」草平は男の左脚をむんずとつかんで、地中の大根を引き抜くようにトランクから引っ張り出そうとした。

しかしチンピラは抵抗した。死んでも引きずられるものか、となにかに両手をかけて抵抗しているのだ。そのとき草平は車内の様子に気づいて言葉を失った。後部座席のシートを倒して作った広い空間はあらゆるもので散らかっていた——一眼レフやビデオカメラ、手錠、縄、ポラロイドカメラ、何枚かの写真――。

草平の頭はさらに熱くなった。目もくらみそうなほどの怒りだった。そして腕に一層の力を込めた。

チンピラが叫んだ。

「あああぁぁぁっ！　やめてやめてやめてやめて、お願いいいぃぃぃ！」

「誰がやめるかっ！」

「助けてください助けてくださいもうしませんもうしませんもうしません……」

チンピラ男は怪奇現象かなにかと思っているらしい。いい気味だ。そうさ、これは怪奇現象だ。バチが当たったんだ。どうせお前たちは常習犯なんだろう？

草平は全身の力を振りしぼり、ついにチンピラを外に引きずり出すことに成功した。力つきたようになったその男は、地面にうつ伏せで倒れていた。

チンピラがなにかぶつぶつと言っているので、草平は耳をかたむけた。

「ごめんなさいごめんなさいごめんなさいごめんなさい…………」

そしてハッと気づいて半身を起こし、辺りを見回した。夢から覚めたみたいな顔だった。

慌てて起き上がり、悲鳴を上げながらどこかへ駆け出した――が、すぐに素っ転んだ。草平が足をかけたのだ。チンピラは顔面からアスファルトに突っ伏した。

そして男の両手に、車内で見つけた手錠をかけた。カシャンという気持ちのいい音が鳴った。警察が使う本物の手錠ではないだろうが、鍵もついてあって丈夫な出来だ。せっかくなのでうっ血するほど手錠をきつくして、小さな鍵は雑木林の中へ全力で投げた。ふと思い出し、車のキーも抜いて同じように投げた。

チンピラのもとに戻ると、未だにぶつぶつとつぶやいていた。焦点の合っていない目はあらぬ方向を見ていた。半ば正気を失った状態にあるようだ。

安心した草平は車に駆け寄った。晴香はまだそこで目を見開いてチンピラを見ていた。ブレザーは胸元からはだけかけ、口元の猿ぐつわもそのままに、トランクに腰掛けていた。

草平は心配になった。彼女には、ショックが大きすぎたのではないだろうか？

なにもできないまま見ていると、晴香は車外に顔を出し、無言で辺りを見回した。そしてゆっくりと地面に足を下ろして立ち上がった。しかし片足の力は抜けたままだったようだ。がくりと倒れそうになり——草平はとっさに晴香の手をにぎった。

姿勢を戻した晴香は、きょとんとして自分の右手を見た。

草平は息を呑んで、その場に立ち尽くしていた。

とんでもないことをしてしまった。彼女に触れてしまった。透明人間の存在は外界の人間に知られてはいけない。

晴香はまだ右手を見ていた。指をさすりあわせ、たまに目を凝《こ》らしてそこに右手以外のなにかを見つけようとしているみたいに。

なまぬるい風が雑木林の上を通った後、ようやく右手から目を離した晴香がゆっくりと口を開いた。

「……草平？」

草平はあとずさった。

心臓をつかまれたような衝撃。

なんでわかった？　どうしてぼくの名前を？　右手？　わけがわからなかった。

晴香はまっすぐ自分を見ていた。しかし見えるはずがないのだ。声も聞こえない。だが草平は猛烈な恥ずかしさを感じていた。なぜかはわからない。だが穴があったら入りたいほどに、耐えられないほどの恥を感じていた。

そして振り返って駆け出し、そのまま透明街へ逃げ込んだのだった。

栗沢晴香にとってこんなに慌ただしい一ヶ月は初めてだった。

晴香は学校帰りに、いつもの公園の、いつものベンチにひとりで腰掛けて、小さなため息を吐いた。

幼なじみである嶋草平がひと月ほど前から行方不明になっている。彼の姿を最後に目撃したのが自分だったのだ。

その日の夕方、自宅の電話が鳴った。テストの勉強をしている最中のことだった。電話は草平の叔母、嶋和穂《しまかずほ》からだった。

「草平を知らない？」

久しぶりに耳にするその声は、ひどく疲れているようだった。この人は若くていつも活発な人なのだ――小学校時代の思い出ではあるけど。

訊くと、草平は二日前から帰宅していないらしい。軽い家出だろうと放っておいたけれど、二日も経つと心配になってきたそうだ。その間、学校にも行っていないという。

晴香はひどく驚いた。

「おととい、予備校から帰るところで会いました」

晴香がそう言うと嶋和穂も驚いた。駄目もとで電話をかけてきたらしい。目撃情報が聞けたことでわずかに安心したようでもあった。しかし、異変は感じなかったかと訊かれると、晴香はわからないと答えるしかなかった。

電話を切ってから晴香は迷った。

もうひとりの幼なじみである青田聖《あおたひじり》へ電話をかけようかしらと思ったのだが、前日に、彼にされたことを許したわけではなかった。あれはいわゆる不意打ちというものだ。向こうから謝るのなら許してあげてもいいけど、こっちから先に声をかけるのは気が引けた。ああいう経験は初めてだったので、どう対処すればいいかわからなかった。きっとおばさまは聖にも電話しているだろう、と受話器に伸ばしかけた手を止めた。

数日後、自宅に制服姿の警察官がやって来た。そのときに現時点――わかっている範囲――で自分が最後の目撃者だと知らされた。晴香は自分の知っている限りのことを話したが、駅前で少し話しただけで、草平がどっちの方角へ歩き去ったのかも見ていないと答えるしかなかった。心苦しかった。また草平がもし自発的に姿を消したとするなら、事前にその気配に気づけなかった自分にも腹が立った。

草平は事件に巻き込まれたのか、それとも家出なのか――晴香にも誰にもわからないまま一ヶ月が経ってしまった。

しかし昨日の夜、晴香は草平の存在を感じたのだ。感じたというよりも、触れた？　なんと表現したらいいかわからなかった。そのため事情を訊かれた警察にも、心配してくれた親にも話していない。きっと笑われるから。

だけど確かに自分の手を誰かがにぎったのだ。右手にそれを感じたとき、草平を最後に見た夜、彼の顔の傷に手を伸ばしかけて、にぎり返されたことを思い出したのだ。

不思議な出来事だったが、とにかく連れ去られそうになった自分を誰かが助けてくれたことだけは、確固とした事実だった。

――あれが草平だとしたら、どうして姿が見えなかったのかしら？　まるで――

晴香はふと辺りを見回した。

離れたところに噴水がある。老夫婦が石のベンチに座り、会話もせず溢《あふ》れ出る水を眺めていた。他には誰もいない。

静かに目を閉じた。まぶたの裏で陽光の名残がまだら模様を作っていたが、少し待つとそれも消えて、聴覚が少しずつ鋭敏になってきた。

噴水の音、セミの鳴き声、遠くに子供たちの声と走る音、遊具が重みにきしんだみたい、垣根の向こうを走る車、そしてバイク、上空を飛行機が飛んでいる——無数の音に紛れて、靴底が砂を噛む独特の音がそばに聞こえた。

誰かがいる——晴香は少し緊張した。一歩ずつ、巨大な動物のように緩慢に、音は徐々に自分のほうへ距離を詰めてくる気がした。集中するとそれ以外の雑音は彼方へ消えてしまった。

いまだ。晴香は思い切って目を開けた。しかし誰もいない。気のせいだった？　いいえ、それでもいい。これは賭けだ。そして言った。

「草平？」

草平は度肝を抜かれてその場に立ち止まった。

ベンチにひとりで座った晴香が、急に目を閉じてじっと動きを止めたため、心配して近づいたのだ。するとは彼女はそれを待っていたかのように、まぶたを開き、自分の名前を口にした。透明人間である自分の名前を、だ。

無意識に一歩あとずさっていた。それを感じとったのか、

「草平、待って！」

晴香が言うと、草平の足は根を生やしたみたいに動かなくなってしまった。知られてしまった？　どうしてわかった？　来なければよかったのかもしれない。

だけど昨日の一件があり、彼女のことがどうしても心配になったのだ。

「草平、いるの？」晴香はベンチから立ち上がって辺りを見回す。

「……いるんでしょう？」

彼女は暗闇の中を恐れながら進むみたいに、両手を前に突き出して歩き出した。前方に伸びた手は、水の中を進むようにゆらゆらと揺れていた。おぼつかない足取りは、見ているこっちを不安にさせた。

「草平、返事……して？」

晴香は視線をあちこちに這わせながら、おっかなびっくり歩を進める。

「いる……んでしょう？　草平」

いま彼女の呼びかけを無視して透明街に引き返せば、すべてなかったことにできる。このまま反応を

見せなければ、さすがに諦《あきら》めるだろう。しかし足が動かない。

彼女は草平のすぐとなりに差し迫った。

草平はその右手を優しくつかんだ。もう他にどうすることもできなかった。

晴香が息を呑んで、自分の右手を見た。のどが動いたのが見えた。信じられない——顔にそう書いてある。

「草平なの……？」だが視線は合わず、いまは草平の右耳あたりを向いている。

困った。声をかけても彼女には届かないのだ。

草平は手を離し、ベンチに近寄った。そこに置いてあった晴香の通学用鞄《かばん》を持ち上げてみた。

彼女はそれに気づくと、小さな悲鳴を上げた。自分の鞄が音もなく宙に浮き上がったように見えるのだろう。

ここからどうしようかと悩んだ末、草平は晴香に「ごめん」とだけ言い、鞄を開けた。なるべく中を覗かないように気を使いながら、手探りでペンケースとノートを取り出した。ペンケースには見覚えがあった。淡い緑とピンクのストライプが入ったそれは、彼女が小学生の頃から使っているものだった。

草平はボールペンを取り出し、ノートに字を書いた。

〝どうしてわかった？〟

それをベンチに置き、晴香が読むまで待った。

恐る恐る近づいた彼女は、それを覗き込んだ。

「……草平……なのね？」晴香は立ったまま、視線をさまよわせて訊いた。「そこにいるの？」

〝いる〟と草平は書いた。いまはベンチに腰掛けていた。

「……中学二年の夏休み、旅行に出かけた目的は？　書いて」

草平は笑って書いた。思い切ったことをするわりには慎重なところが、すごく晴香らしい。

〝ガラス工芸、写真をありがとう〟

空中をひとりでに走るペンがそう書いたのを見て、戸惑いながらも晴香はやっと笑ってくれた。

「声が……出せないの？」

〝出せるけど、晴香には聞こえない〟

「……わたし、座ってもいい？」

晴香は動悸《どうき》を抑えるように自分の胸に手を置いていた。よく見ると呼吸も荒いようだった。無理もない。こんなこと、普通は信じられるはずがないのだから。

〝どうぞ〟と書いた。

下手をすればぼくのひざの上に座ってしまうんじゃないかと危ぶんだのか、晴香は慎重にベンチに腰掛けた。これでちょうどノートをはさんで座る形になった。いつもの形とも言えたが、それもずいぶん昔のことのように思えた。

「どうして聞こえないのかしら？」

〝わからない。それが透明人間なんだ〟

「透明人間？」晴香が言った。「……そうね、確かに。なんでそうなってしまったの？」

〝それもわからない。気づいたらなってた〟

「……戻れないの？」

草平は返答に窮した。戻りたいという気持ちがいまの自分にはないのだ。ひとまず〝戻り方がわからない〟と書いた。

「ずっと……わたしのそばにいたの？」

晴香が純真な瞳で首をかしげた。

草平は質問の意図に気づいて焦った。

〝ちがう、きのうの夜はたまたま〟とノートに慌てて書いた。字が汚くなってしまった。

しかし、晴香はにこりとほほ笑んだ。

「だと思った。ずっと近くにいたのなら、もっと早く気づくと思うもの」

怒っていないようで安心した。確かに彼女の勘の良さには度肝を抜かされた。草平は〝身を隠している場所がある〟とだけ書いた。

それを読み、晴香は少しためらった後に口を開いた。

「……草平は……生きているのよね？」

草平は面食らった。

予想外の質問だと驚いた。しかし、確かにそれは納得できる質問でもある。透明人間になったと気づいたとき、幽霊になってしまったのではと自分も怖れを抱いたのだ。

〝生きている〟と書いた。

晴香はそれでも不安の色を隠さなかったので、草平は思い切って彼女の手を取った。そして自分の左胸にくっつけた。

少し間を置いて、惚《ほう》けていた晴香の顔が笑顔に変わった。

「……本当ね」

ベンチの前を老夫婦が通ったが、晴香は気にしなかった。それどころか彼女は次に草平の肩に手をかけた。驚いていると、今度は耳を触られた。頬を撫でられた。鼻の頭を親指で押された。額をぺたぺたと触られてから、髪を手ですかれた。

うなじに手を伸ばしたところで晴香は満足したらしく、やっと手を離してくれた。草平は胸を触られたのが最初でよかったと思った。いま触られたら鼓動のちがいに気づかれるだろう。

〝生きているでしょ？〟と草平は書いた。

「……生きて……そう――」

ふいに途切れたその声に顔を上げると、草平は仰天した。晴香は瞳を潤ませていた。そしてたちまち涙が頬を伝い始め、さめざめと泣き出した。

「心配した、ホントに……。どこへ行ったのかって、いつも、ずっと考えていて……。もしかしたら、し……し……死んで、るのかも……、そう考えたらもっと、怖くなって、ひ、聖とも……連絡、とってなくて……、誰にも相談……でき、できな……」

草平はそれをじっと眺めるしかなかった。

頬を伝った涙が落ちて、ノートに水玉を作った。文字のインクがにじんだ。草平は晴香が泣くのをずいぶん久しぶりに見た気がした。いや、もしかしたら初めてかもしれない。彼女は小さい頃からしっかりしていて理性的な少女だったのだ。

その晴香はいま、手で拭《ぬぐ》いもせず、ただ涙を下へ下へと落としていた。まぶたを閉じているのは、必死に止めようとしている心の現れだろう。だけどそれはあふれ続ける。

草平は気づくと彼女の頬に右手を差し伸べていた。親指で涙を拭う。感触に気づいた晴香は顔を上げ、目を開いた。

そして閉じた。

草平は吸い寄せられていた。そして触れた瞬間、微《かす》かに肩を揺らしたが、晴香は逃げないでいてくれた。彼女のくちびるは冷たくて、とても気持ちがよかった。なにかとても良い香りが鼻をくすぐってくる。それがなんの香りかはわからなかったが、だけど一生忘れることはないだろうと思った。

シャボン玉を指で突つくような、ほんの一瞬だけのキスだった。そのとき、ようやく晴香と目を合わすことができた。だけどもちろん彼女はそのことには気づいていない。

彼女は震える口元に微かな笑みを浮かべた。

「やだなぁ。ひと月前、聖にもされちゃったの……」目を伏せた彼女は恥ずかしそうだった。「ふたりとしちゃうなんて……駄目ね、わたし」

その瞬間を背後から見ていた――なんて、どうして言えようか。

草平はノートに〝ごめん〟とだけ書いた。

「……どうして謝るの？」

〝聖に悪い〟

晴香は小首をひねって、困り顔を見せた。

「どうして聖に？」

その反応を草平は疑問に思った。そしてふたたびペンを取り、

〝つきあってるんでしょ？〟と書いた。

「なにそれ！」

晴香が声を上げた。長い髪が揺れた。

「つき合ってなんかないわ。あの日、草平と待ち合わせているここへ向かう途中、公園の入り口でたまたま聖に会ったの。その……キス……だって、ここで話してるときに急にされたんだから」

今度は草平が驚いた。聖は晴香とつき合っていると言っていた。自分はそれを聞いて、晴香から身を引こうと決めたのだ。

「もしかして聖が言ったの？　そんなの嘘よ。あれ以来、わたしたちまったく連絡取っていないもの」

晴香はぷりぷりと怒っていたが、じきに諦めたように笑った。

「……やっぱり文句言わなくちゃいけないみたいね」

ぼくは一杯食わされたんだ……。しばし呆然としていたが、草平はペンをにぎる手に力を込めた。心のままにそれを素早くノートの上で走らせた。

〝聖、ぶっ飛ばす〟

晴香が珍しく声を上げて笑った。

めんなことなこと

I'm invisible

第7章

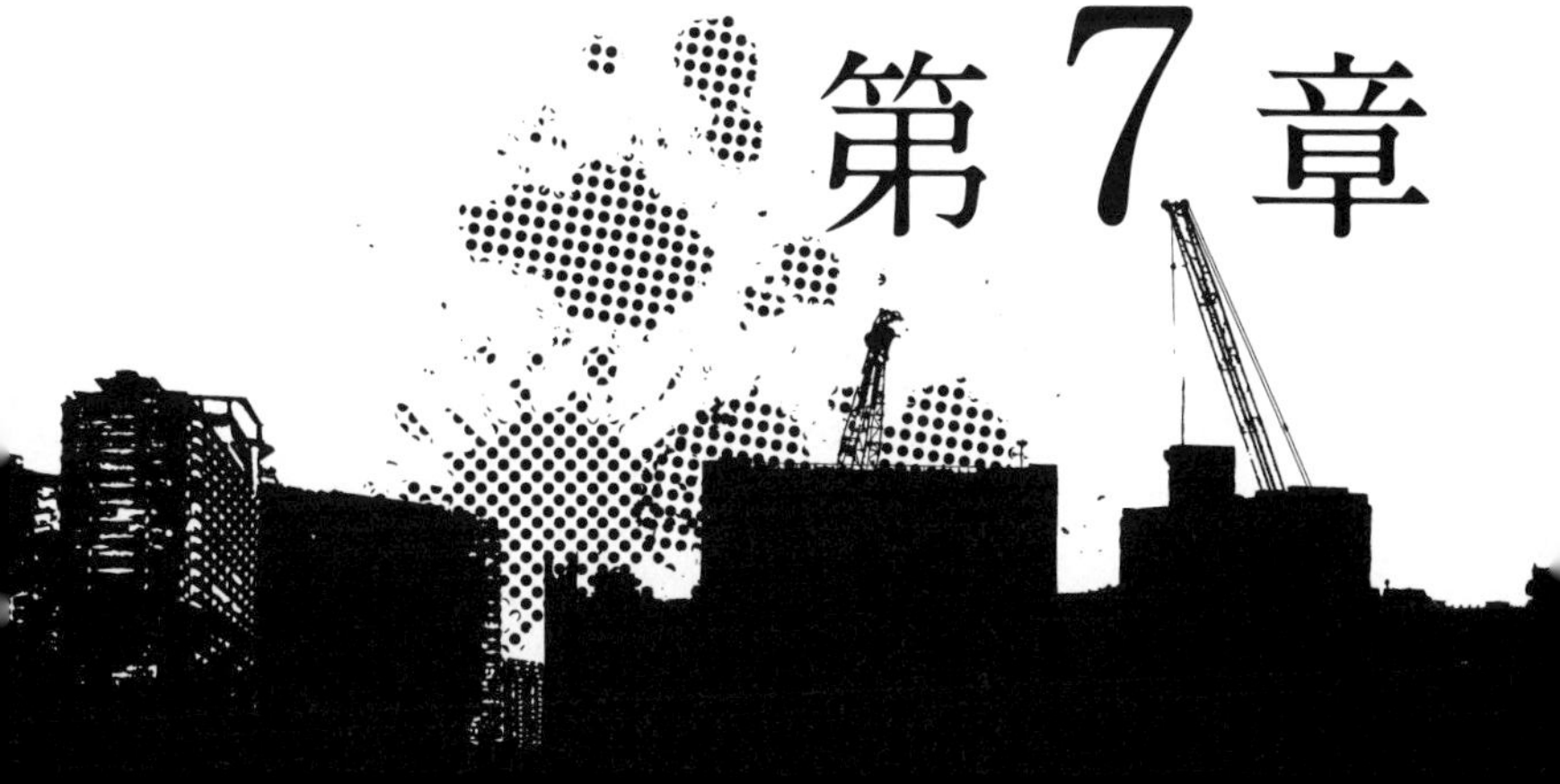

数日後、晴香《はるか》とふたたびベンチで会ったが、草平《そうへい》はすぐに場所の変更を提案した。

図書館の裏にある秘密の祠《ほこら》だ。あそこももう長いこと足を運んでいない。図書館は公園をはさんで反対側にあるが、園内を突っ切ればたいした距離はない。

しかし透明のまま彼女を案内するのは骨が折れた。

秘密の祠は最後に見たときと同じようにそこにあった。

「こんなところだったんだ……」晴香がドーム状に開けた空間を見回した。木漏《こも》れ日に彼女の顔が照らされていた。

「話には聞いていたけど、素敵なところね」

移動の理由は、公園のベンチだと人目につくからだ。空っぽの空間に向かって喋《しゃべ》る女子高生は、いくら晴香でも、他人の目には不気味に映るだろう。それを伝えると晴香は少しむくれた。

「わたしは気にしないよ」

〝でもペンがひとりでに動く〟と書いた。

「それは……確かに」

正直に白状すれば、草平はふたりでいるところを誰にも邪魔されたくなかったのだ。特に、あのベンチには聖も顔を出す危険があった。もちろん晴香にそんなことは言えなかった。

秘密の場所は、相変わらず人の入った気配がない。祠も変わりはない。しかしオセロの姿も見えなかった。もうずっとあの猫を見ていない。草平は心配になった。

晴香が祠の台座に座った。スカートから伸びた足をぴたりと閉じて、それを斜めに地面へ下ろした。

「オセロちゃんがいなくてよかった、って言ったら草平は気を悪くしちゃうよね」

〝アレルギーじゃしかたないよ〟草平もとなりに腰を下ろして、ノートに書いた。

「わたしもできたら抱いてみたいけど……」

草平はそうつぶやく晴香の横顔を見ていた。透明人間でなければできない。彼女に気取《けど》られることなく、小さな耳や一筋の黒髪がそこからはらりと落ちるところや、絹のような肌がひだまりにきらめくところなどをじっと見ていられるのだ。

急に晴香は草平がいるほうへ振り返った。

「訊《き》きたいことがたくさんあるの」

一瞬、草平は自分の視線を感じとられたのかと戸惑《とまど》った。だが晴香の視線は相変わらず明後日《あさって》の方向へ行く。彼女は、いまは草平の首もとへ目を向けていた。

「いまはどこに住んでるの？　ちゃんと食べれているの？　このあいだ別れてから……草平をうちにかくまうべきだったんじゃないかって思いついて……」

〝心配ない〟と書いた。

ほんの一瞬、晴香の家にかくまわれる自分を想像しかけたが、すぐに自制した。よからぬ妄想をしかけたことは黙っていようと決めた。

ノートに目を落としてから、ふうと息を吐き、晴香は急に腕を振り上げた。そしてそのまま草平の肩のあたりを叩いた。

バシン！　大きな音が響いた。晴香に手を上げられたことなどこれまでに一度もなかったので、ひどく驚かされた。

「心配するに決まってるじゃない！」彼女はそう言って、手さぐりで草平の左手をにぎった。

「……見えないから、せめてこうさせてね。視線のやり場に困るんだもの……。それでどこに住んでいるの？」

どぎまぎしながら、草平は空いた右手でふたたびペンを取った。

〝街〟と書いた後に〝透明人間が住む街〟とつけ加えた。

「……他にも透明人間がいるの？」

〝いる〟

「その街はどこにあるの？」

草平は少し考えた後に、

〝この町の中に隠されている〟と書いた。

「町の中？」

〝場所は教えられない。どこかに隠されている異世界のようなもの〟

「それはわたしが襲われそうになった場所の近くね？」

鋭い――いや、勘か？　その推論に根拠はないはずだ。当てずっぽうだろう。草平はどう答えようか迷ってしまった。その間、彼がにぎっていたペンは宙に浮いたままに見えたはずだ。

晴香はもう充分という風に笑みを浮かべた。

「いいわ。調べたりしない。どんなところなの？」

草平は諦《あきら》めて書いた。

〝大きな壁に囲まれている街。八扇市《はちおうぎ》に比べたら、かなり小さい。だけど作物はよく育ち、水不足にもならない。家畜もいる。住人たちは協力しあって生活している〟

晴香はノートをひざに置いて視線を落とした。

「なんだかおとぎ話に出て来るような街ね。他の住人も元は普通の人なのかしら？」

そう言ってからノートをふたたび差し出した。草平はそこにまた文字を記す。会話はこの繰り返しだ。

〝そう〟と書いて、〝信じてくれるの？〟と書いた。

「信じるわ。だってわたしはいま透明人間と会話しているんだもの。異世界があるなら、ＵＦＯも宇宙人も信じられるわ」

草平は笑った。晴香が冗談を言うのは珍しいことだった。だけど笑ってから晴香が自分の反応を見られないことに気づいた。彼女はいまぼくがどんなリアクションをとっているかもわからないのだ。

途端に頬から笑みが消えてしまった。

「ねえ、草平」にぎった手に晴香は力を込めた。

「戻ってきて……」

彼女は顔を伏せていた。

「どこを見ればいいのかわからないの。ちゃんと草平の目を見て話したい。お願い」

胸が痛んだ。晴香にそう言われて嬉しかった。だけど草平は〝戻れない〟と書いた。

「どうして?」

〝ぼくは外の世界では忘れ去られた人間〟

そう書いたところで晴香が強い調子で言葉をはさんだ。

「そんなことない」

草平は首を振った。しかしそれも無意味な動作だった。

〝いないほうがいいんだ。みんな、うまくいく。クラスもおばさんも〟

晴香はノートを見てすぐには反応を見せなかった。草平はその様子から察した。

〝知っているんでしょ?　ぼくがクラスでどういう立場にいたか〟と書いた。

晴香は申し訳なさそうにうなずいた。

「知ってるよ……。警察の人から草平について教えて欲しいって言われたとき、知ったの。刑事さんに『そのことは知ってましたか？』って尋ねられた。わたし、なにも言えなかった。なにも知らなかったから……。気づいてあげられなくて……本当にごめんね」

〝やめてよ〟と急いで書いた。やめてくれ、謝る必要なんかないのだ。

〝ぼくがいけないんだ〟

「……どうして？」

〝ぼくがいなければクラスは上手くいく。いることで不快にさせてしまったから〟

晴香は首を振った。

「そんなことあるわけない。本気でそう思っているの？」

〝どういうこと？〟と書いた。

「待って。その前に……、おばさまとなにかあったの？」

〝おばさんとも上手くいってなかった〟

「いつから？」

〝中学に入って少ししてから。話すこともほとんどなくなったし、顔を合わせることも〟

しばしの静寂があった。草平はやりきれない気持ちだった。こんなことは知られたくなかった。だが晴香は少し考え込んだようになってから口を開いた。

「ねえ、様子を見に行ったりはしたの？　草平がそうなってからっていう意味だけど」

〝透明人間になったばかりのときに一度だけ〟と書いた。

「また行ってみるべきよ」

〝どうして？〟

そんな気の進まないことはしたくない、というのが本音だった。

「うまく説明できないけど……たぶん草平の思っている通りのことにはなっていないわ、学校もおばさまも」

晴香は強く手をにぎったが、草平はよく理解できなかった。


それから幾日か経ったある日、草平は透明街《とうめいがい》の中で猫を見かけた気がした。

街をぐるりと囲む小道を歩いているときだった。そのビルは一階が豚舎や牛舎になっており、まだ見たことがなかったので散歩ついでの見学だった。

予想はしていたが、すごい匂いだった。草平が鼻をつまみながら乳搾《ちちしぼ》りを見ているとき、目の端をひゅるりと横切るものがあった。振り向くと、そこには別のビルの入り口がぽっかりと口を開けていた。

だが中を覗《のぞ》いても真っ暗でなにも見えない。ほんの一瞬の出来事だった。気のせいかもしれない。

《ＪＩＲＯ》でそのことを話すと、シバタが応えた。

「たまにあるよ、動物が紛れ込むことは。ねえ？」

「そうだな。犬が入ってきたことがあったな。いまどき野良犬《のらいぬ》なんて珍しかったけど」ジロウが応えた。背後では里稲が、他の住人からもらった板状のミルクチョコレートを静かに頬張っていた。彼女は普段からおとなしいが、甘いものを食べているときは特に岩のように押し黙る。

ジロウはカウンターの向こうで夕食を作っていた。大きく切った野菜がゴロゴロと巨大な寸胴《ずんどう》の中に浮かんでいる。おいしそうなシチューだ。

「あの犬、誰かが捕まえて外に追い返したんだよな」

「おれだよ。スケボー仲間と一緒にやったんだ」とシバタが口を尖らせた。「噛《か》まれて狂犬病にでもなったらどうしようかと思った」

「あぁそうだったっけ。あははは」

大鍋をかき回すのをやめ、ジロウは草平を見た。

「で、その猫がどうかしたか？」

「いや、なんでもないんだ」

草平は言葉を濁した。しかし視界をかすめた影は、白と黒の毛皮をしていた気がしたのだ。

晴香とときどき会っていることについては、もちろん誰にも言わなかった。里稲もセイジも他の住人も、そのことを知ったらどんな反応を示すだろう。彼らに対して打ち明けられない秘密を持つことは、とても心苦しかった。だからあまり考えたくない。それに黙っていればバレることはないだろう。

草平は晴香の言ったことが気になってもいた。「草平の思っている通りのことにはなっていない」と彼女は言った。しかし、とてもそうは思えなかった。

その日も草平は、数日前に言われた彼女の言葉を思い出しながら、行き先も決めず街をうろうろと歩いていた。だが思考は中断された。

猫だ。

場所は前回と同じく街の外周だ。草平の目の前の曲がり角に、それが突如として姿を現したのだ。

「オセロ……？」

秘密の祠で自分がかわいがっていた猫にしか見えなかった。白黒の毛皮と、首に巻かれた赤いリボン。オセロそっくりだ。耳をぴんと立てて、草平にじっと視線を注いでいた。

「なんでこんなところに？」

しかし足を一歩踏み出すと、それを待っていたかのように、猫は曲がり角の先へ姿を消した。草平も後を追って駆け出した。

だがしばらく駆け回ったが姿は見えなかった。小道は大小あらゆるもので散らかっており、またビルの入り口や窓が開きっぱなしのまま、そこら中にある。猫が姿を隠せる場所だらけだ。

しかし、そんな中で、地下へ続く狭い階段が造られているのを見つけた。その階段はふつうのビルの出入り口のようになっていたので、草平は近づいて見るまでわからなかった。

覗き込むと、階下の通路は右に折れて続いているようだ。照明もある。

ひと月経つのに地下があるなんて知らなかった。用心しながら下りると、そこは湿った空気が沈殿しているようで、気温も少し低いように思えた。そういえばこの街には井戸があると、いつかシバタが言っていた。これはその施設なのかもしれない。管理は誰がしているのだろう。そんなことを考えていると、すぐに開けた場所に出た。

大人たちがたくさんいた。シミだらけの壁に囲まれたその空間は、五十メートルプールほどの広さだ。なんとなく雰囲気も似ていると感じた。酒をあおるように飲んだり、ゴザの上でうたた寝をしたり、将棋を指したりと忙しそうだ。草平には目もくれない。

大きな天井には、等間隔で鉄格子がはまっていた。格子の先に見える天井から、どこかのビルの一階とつながっていることがわかった。採光のためのものらしい。

なるほどと理解した。ここは透明街の大人たちの住処《すみか》――というよりは遊び場、社交場だ。過ごし方は健全とは言えないが、それなりに平和ではあった。若い住人たちにとっての屋上と変わらない。

気配を感じた草平が振り向くと、角のほうにオセロがいた。相変わらずこちらに目を向けているが、草平が一歩踏み出すと、道の先に消えていった。いったいどこへ行くのだろう？

プールのような空間からさらに奥へ進むと、静けさが強まり、闇が濃密になってきた。切れかけの蛍光灯と裸電球だけが頼りだった。しかも暗さに増して、ドブ臭さが鼻を突くようになってきた。

ここも街の他のところと負けず劣らず、ガラクタだらけだった。だがこの地下にあるもののほうが、より年季を感じさせる。住人たちは使わなくなったものをここに捨てていくのかもしれない。

草平は角を曲がるときに、ガラスのコップを蹴り上げそうになってバランスを崩した。なんとか姿勢を保ち、コップも無事だった。なんだってこんなところにコップを置くのだろう。ふと顔を上げると、突き当たりにオセロがいた。薄闇の中に鎮座《ちんざ》し、こちらにふたつの小さな光を向けていた。

「オセロ……」

近づいて呼びかけてから、草平はぎょっとした。

猫の背後に、ひとりの大きな男が座っていることに気づいたのだ。草平はそれを、ボロ布をまとった死体かと思った。地べたに二本の足を放り投げるように座る姿は、壁際に追いつめられたところを銃殺されたような体勢に見えた。

しかし恐る恐る近寄ると、静寂の中、男の肩がわずかに上下していた。

男はひどく老いているようだった。頭には白いものが多く、ボサボサに伸びっぱなしだ。手や首もとから覗《のぞ》く皮膚はくすんでおり、カサカサなところは障子紙《しょうじがみ》そっくりだ。

ひょっとして、この人が地下でオセロを飼っているのだろうか？　見ていると、男は顔を伏せていたが、その右腕がぴくりと動いた。オセロは身を起こし、男の右手に、目を細めて顔をすり寄せた。

「あのぉ……」

おずおずと声をかけると、男はゆっくりと顔を上げた。ふたつの瞳は中で煙が充満しているかのように濁っていた。頬はやせこけ、薄いくちびるには締まりがない。ひどい顔だった。たとえるなら戦争から辛くも生き延びた兵士というところだ――草平はそんな印象を受けた。

しかし、その顔を眺めていた草平は、ふいに自分の記憶に該当するものを見つけてしまった。

だがそれはあり得ないことだ。透明街や透明人間の存在よりもあり得ないはずなのだ。

「あんた、見ない顔だね……」

男の声には潤いがなく、百年ぶりにのどを使ったのかと思うほどしゃがれていた。

「こんなところに……なんの用だ？　なにもないよ、ここには」

「……あなたこそここでなにを？」草平は戸惑いを隠して言った。「その猫はどうしたんですか？」

「ちょっと前からここに来るようになったんだ。あんたの猫かい？」

「外界《がいかい》でかわいがっていた猫に似ていたので……。あの、こんなことを訊くのは失礼かもしれませんが……あなたはいつから透明街へ？」

男は濁ったふたつの目で草平を見つめた。ほんの二言三言の会話しか交わしていないが、すでに男の体力は底がつきかけているように見えた。息も切れ切れだ。

「すみません。初対面でこんなことを……」

「……おかしなことを。いちいち覚えちゃいないが、もう十年以上は経っているかもね」

草平の呼吸が乱れた。本能的にそれを確かめないほうがいいと思った。そう思いながらも、頭の中に浮かんだある人物の名前が口をついた。

「……嶋《しま》、葉一《よういち》さん、ですか？」

ぴくりと男の肩が動いた。

まさかそんなことがあるわけがない——そう思う一方で、長年、部屋の机に置かれた写真を見続けていた草平の記憶が叫んでいた。

目の前の男は父親であると、そう言っていた。

「嶋葉一さん、ですよね」

男は大きな咳払《せきばら》いをひとつして、言った。

「……あんた、誰だね？」

「ぼくは……」

草平は言った。

「ぼくは嶋草平です……」

一瞬の間があり、男の目が見開いた。引んむかれた白目は汚らしく黄ばんでいて、いまにもポロリとこぼれ落ちそうだった。

「……そ、草平……」

男は首をもたげ、端からよだれを垂らした口があわあわと動いた。

「本当に……か……？　草平なのか？　なんで——ど、どうして……ここに？　あぁ、なんで……」

この男は嶋葉一だ！　巨大な建造物が崩れ落ちる大きな大きな音を、草平は耳のすぐうしろに聞いた。

意識しなければ身体を支える足から、いまにも力が抜けてしまいそうだった。いったいなにが起きているんだ？　死んだはずでは？　なぜこんなところで父親に出会わなければいけない？

震えそうになる身体を抑え込み、草平は口を開いた。

「ど、どうしてですか？　死んだと……ぼくは、あなたは死んだと聞いていたのに……」

嶋葉一は聞こえていないのか、「ああ」とか「うう」とかうなってばかりだった。

目の前が真っ赤になった。

「——どうしてですか！」

草平が声を荒げると、オセロは飛び上がり、どこかへ逃げていった。

「答えてください！」

嶋葉一は両手を地面につけ、額を地面にこすりつけた。

「すまなかった……」

「……なにを？」

「すまなかった！　すまなかったなぁ、本当に……」

「や、やめてください！　質問に答えてください！」わけもわからず、草平は天と地がひっくり返った気分だった。

顔を上げ、嶋葉一はおずおずと言った。

「おれが……おれが姿を消してから、誰がきみの面倒を……？」

「……おばさんです」

「和穂《かずほ》が――そうか、死んだということにしたんだろうな。それがいいと思ったんだろう。確かにそうだ……。お前に変な望みを与えたくなかったんだろう。正しい判断だ……」

うなずきながらしみじみと言うその口調が、一層の苛立《いらだ》たしさを与えてくれる。

「どうして透明街に……？」草平が訊いた。

だが嶋葉一は口をつぐんだ。ばつの悪そうな顔で視線を足もとに這わせている。草平はその首もとをひっつかまえてやりたい気持ちになった。

「――答えてくださいっ！」

突如、カツン――と硬質な音が背後に響いた。草平は反射的に振り返った。弱々しい蛍光灯に照らされた道は空っぽだ。

草平は父親にふたたび目を向けた。

「……どうなんですか？」

「疲れてしまったんだ……」

「は……？」

嶋葉一は喋《しゃべ》り続ける。

「おれはあの頃、妻を——お前の母親を——亡くして、ひとりで……子供を育てることになって……疲れていたんだ」

草平はゆっくりと首を振った。

「なにを……」なにを言っているんだ、この男は？

目の前の男は苦痛に耐えるようにぐっと目を閉じ、言った。

「押しつぶされそうだった……。そのうち仕事も手につかなくなってきて……だけど、お前はまだ生まれたばかりで……。それでもなんとか数年は保《も》ったが、もう本当にこれ以上は頑張れないと……そう感じていたとき……」

——透明人間になったというのか？

草平はあらん限りの力を振りしぼって口をつぐみ、考えた。赤ん坊だった自分を数年は育てたが、結局は放棄したということか——そして透明人間になってしまったと、そういうことなのか？　叔母は話を創作したのか？　真実を知らせないために？　こんな人間の息子をいままで育ててくれていたということか？

嶋葉一の訴えたいことは理解できた。だが納得などできるはずがない。草平はついに爆発した。父親のボロ布みたいな服をつかみ、その濁りきった瞳に、間近から自分の息子を映してやった。

「あなたは！　あなたには責任というものが理解できないんですか！　自分の子供を放って、家族に迷惑をかけてっ！　どれだけ苦しんだか……。いったいあなたは……なんなんですか？　何者なんですか？　そんなことをして許されるわけがないだろう！」

草平はその手を乱暴に離した。怒りや情けなさが頭の中を駆け巡り、涙が出てきそうだった。しかしこの男の前で泣くわけにはいかない。草平はこらえた。

「責任……」嶋葉一はつぶやいた。「そうなんだ。おれには責任があったんだ。だけど駄目だった。おれは駄目な人間なんだ……」

ふたたび父親は地面に額をこすりつけ、大声を上げた。

「すまない、すまない……本当に申し訳ない！　おれが悪かった……」

――こんな男がぼくの父親だったなんて……。

プライドの欠片《かけら》すら感じられないその姿を見て、草平はあ然《ぜん》とした。

そのままみじめな後頭部を踏みつけて、鼻っ面《つら》を地面にぶつけてやりたいという衝動に駆られた。きっと小気味良い音がするだろう。しかし、悲鳴を上げて逃げ惑《まど》う姿でも見せられたらたまらない。父親のそんな姿を見たら、むしろこっちが死にたくなってしまいそうだ。

あぁそういえば、とふと思い出した。あのどこかの温泉地の写真だ。自分はこんな男が写った写真を見て、日々の励みにしていたんだった——思い出すと可笑《おか》しくなって、今度は笑い出しそうになった。馬鹿みたいだ——そう思った。勝手に頭の中で父親像を作り上げたりしたこともある。どうしようもないひとり遊びだ。

草平がくすくすと笑っていると、いつの間にか頭を上げていた嶋葉一がつぶやいた。

「きみは透明街から出ていくべきだ」

「……はい？」

自分でも驚くほど冷たい声が出た。嶋葉一もひるんだらしく、しばらく黙った。

「なんです？　なにか言いましたよね」

「……来たばかりなら、いますぐ透明街を出ていくべきだと言ったんだ。この街は楽園じゃない」

「……父親らしいことを言ってるつもりですか？」

しかし嶋葉一はそれでも言い続けた。

「ここは人間にとって良くない場所だ。きっと後悔する」

瞬間、草平の中のあらゆる感情がまたしても火花を散らした。

「——ふざけるなっ！　勝手なことを言うな！　あんたが外界に居てくれれば、ぼくはそもそもうまくやれていたんじゃないのか？　後悔だとぉ？　馬鹿にするのもいい加減にしろ！　なにもかもすべてお前のせいじゃないかっ！」

草平は肩で大きく息をした。舞い上がっていたホコリがふたたび地面に落ち着くほどの、長い静寂が通り過ぎた。

しばらくすると嶋葉一はぽつりと言った。

「すまなかった……」

それだけ言って黙り込んだ。顔をうつむけて、もう息子の顔を見ようともしない。海に沈む貝のように動かなくなった。

もう終わりだ。草平は悟った。もうこの場に会話は生まれないだろう。この薄汚い地下室に残されたのは、ひとりの情けない父親と、同じくらい情けない息子だけだ。

草平は来た道を引き返した。ひざに力が入らず走ることはできなかったが、それでも急いでいた。とにかく一刻も早く、この暗い場所から逃げ出したかった。

しかし通路を曲がったところで、足もとに湾曲したガラス片を見つけた。気になって見てみると、先ほどまで床の隅に置かれていたコップだと気づいた。どういうわけか割れている。

──誰かがいた？

草平の背筋が冷たくなった。

翌日の正午前、草平はひと月ぶりに、通っていた学校の前に立っていた。「また行ってみるべき」という晴香の言葉に従ったのだ。

「透明街から出ていくべき」という父の言葉も頭の中で大きく響いていたが、草平はそれを忘れようと頭を振った。あんな男の言うことを真《ま》に受ける必要はない。

校舎を前にするとなんだか外国に来たような気分になった。見覚えはもちろん充分にあるのだが、自分とは無関係な誰かがここで生活を送っているのだろう——そう思えた。自分はもうすっかり透明街の住人なのだ。

廊下から二年五組の教室を覗くと授業は平穏に行われていた。中央列後方にある席は空っぽだ。草平のイスと机だ。捨てられているかもと思っていたが、変わらずそこにあった。持て余しているのかもしれない。

じきに昼休みになった。解放されたクラスメイトたちの何人かは晴れ晴れとした顔つきで、公園のハトみたいに廊下へ飛び出ていった。草平はそれを隅っこでやり過ごしてから教室後方のドアをくぐった。

聖《ひじり》はそこにいた。ひとりだった。窓側の席に座り、なにをするでもなく机に突っ伏して寝ているようだった。

彼の丸まった背中を見て、草平は驚いた。彼と仲の良かった友人たちは、いの一番に教室を出ていったところだ。昼休みに向かう先は購買かトイレのどちらかのはずで、もしかしたら体育館やグラウンドへ遊びに行ったということもあるかもしれない。どのみち彼らは必ず聖を中心にして動くはずだった。

だが聖はそこに残っていた。体調でも崩しているのだろうか。

「もう一ヶ月半になるんじゃない？」近くにいたバレー部所属の、髪の短い女子の言葉だった。

「さすがにヤバくね？」

「だねぇ」とパーマをかけた女子が気だるそうにうなずいた。

「つーか、あれはやりすぎだったたっしょ」

「あたし、ちょっと引いたもん。てか、あのケンカのときだって、よく考えたら嶋はなにも悪くなくね？　青田《あおた》が吹っかけた感じじゃなかったっけ？」とバレー部が言う。

「あたしもそう思ってた」とパーマが言った。「なんかさ、卑怯《ひきょう》ってやつ？」

「そうそう、やること汚いよねぇ。それで正義漢ぶってるのって、マジでウケるんだけど」

「警察とか来たんでしょ？」

「らしいよ。うちの副顧問が言ってた。どんな様子だったか訊いてたって」とバレー部。

「ヤバいよねそれ。青田、もしかして逮捕？」パーマが髪をいじくりながらニヤニヤ笑った。

「そこまではいかないって言ってたけど、でもすでにバチが当たってるんじゃね？」バレー部がくすくすと笑ってアゴで前方を指した。

「見てよ、あれ」

パーマも聖を振り返った。「あー、絶対寝たふりだね。授業終わってまだ五分ぐらいしか経ってないじゃん。どんだけ眠いのっていう……」

「なんか青田が喋《しゃべ》ってんの最近まったく見てないわ」

「完全にみんなから距離置かれちゃったよね。まぁあたしも話しかけられたら無視するけど」

「なんていうの？　なんだっけ、歴史の授業でさ、ほら、江戸時代の、下の人が上の人と立場が変わるやつ」とバレー部が考え込んだ。

「……下克上《げこくじょう》！」しばらく考え込んでからパーマが声を上げた。

「そう！　マジで下克上じゃね？」

「ウケる！　下克上！」

ふたりはギャハギャハとジャングルに潜む怪鳥みたいな声を出して笑った。

彼女らを尻目に、聖の小さな背中を見ていた。身じろぎひとつしない。草平は愕然《がくぜん》としていた。下克上という例えは正確ではなかったが、ふたりの会話から、このひと月ほどの間に、聖になにが起きたのか把握することはできた。クラスの中に閉じ込めていたはずのほの暗い秘密が、自分が消えたことをきっかけに大事に発展してしまったのだ。彼はそのすべての責任を押しつけられたのだろう。

「聖……」

ざまあみろ――だなんて、その哀愁《あいしゅう》漂う姿を見るととても言えなかった。

どうしてこんなことになっているんだ？　ぼくがいなければすべてうまくいくはずだったのに……そうなると信じていたのに……。草平はひどく混乱していた。こんなはずではなかったのだ。

草平はクラスに対して失望に近いものをも感じた。ここはなにも変わっていないのだ。ただイジメの標的が自分から聖に変わっただけだ。相変わらずそこには数の暴力があり、誰かを異物と認定して迫害が行われているのだ。ここはなにも変わっていない――だからこそ思う。

――いったいぼくはなんのためにここから去ったんだ？


どうにも割り切れないものを抱えながら、草平は自宅へふらふらと向かった。いまとなってはかつての自宅だった。

スチール製の重いドアを慎重に開き、音を立てないように中へ入った。叔母がキーボードを叩く打鍵音が部屋から聞こえてくる。草平は靴を脱いで手に持った。そして部屋を覗いた。

イスに腰掛ける叔母の背中があった。

いつものようにパソコンに集中しているが、そのうしろ姿は心なしかやせたように見える。手元にはなにかのラフスケッチが描かれていた。人物のデフォルメのようだ。叔母はそれに目を落としながらマウスを動かす。装丁《そうてい》の作業中のようだ。

この一ヶ月、叔母は自分のことを何度思い出しただろう？　消えた甥《おい》についてなにを思っただろうか？　少なくともいま目の前にいる彼女は、自分が透明街に入っていく前とたいして変わりはないようだった。

改めてそう意識してみても、自分の心に変化はない。だけどそれでいい。自分はそうやって透明街で生きていくのだ。胸の内で自分自身をそう納得させて部屋を去ろうとしたとき、電話が鳴った。

草平は踏み出そうとした足を止めた。

「はい――」仕事を中断した叔母が電話に出た。

「――ないわ、連絡なんてもうずっとないんだから。警察なんて信用できないわ」

草平は振り返って叔母を見た。

――ぼくのことか？

こちらに背を向けている叔母は、電話の向こうの声にうなずいている。イスから立ち上がって、時おり窓の外を眺めながら、人差し指でこつこつと仕事用のデスクを叩いていた。

誰と話しているのだろうと思ったとき、叔母が言った。

「――草平から？　あるわけないいじゃないっ！」

部屋中の空気がしびれた。

驚いた草平は、本棚に足をぶつけるところだった。彼女は短く息を吸って、すぐに気持ちを入れ替えた。

「……ごめんなさい、おじさん。だけど……ないから。あるわけないのよ、あの子がわたしに連絡してくるなんて……」

草平は愕然とした。叔母は泣き出した。顔こそ見えないが、肩を震わせてすすり泣いていた。

彼女が言う「おじさん」というのは、叔母から見て、母方の伯父に当たる人物のことだと思い当たった。つまり草平にとっては大伯父となる。一度しか顔を合わせたことがない遠縁の親戚だ。

「わたしがいけないの。わかってる」

草平はさらに耳を疑った。

「あの子が大きくなるにつれて、だんだん、なにを考えているのかわからなくなっちゃったの……。考え事を打ち明けてくれる子にはならなかったわ。それもわたしの育て方がいけなかっただけなんだけど……。わたしが話しかけても『なんでもない』とか『別に』って言うだけで――距離を置かれてるみたいで。そう言われると、やっぱり自分は母親にはなれないんだなって思っちゃって……。わたしも、最近じゃあんまり話しかけなくなっちゃって」

「……やめてよ」草平の口からしぼり出すような声がこぼれた。

「おばさん、やめて」

しかし叔母には聞こえない。彼女は電話の向こうの人物とだけ会話しているのだ。

「……わかってるわよ。本当はそこでもっと強く踏み込まなくちゃいけないってことでしょう？　だけど、わたしには無理だったのよ……。母親じゃないわたしが、そこまで強引にしちゃいけないって考えたの。でも、でも間違いだった……。クラスでのこと、前に話したでしょ？　イジメなんて、わたし、それまでまったく気づかなかったわ……。気づいたのは草平がいなくなる日だった……。あの子、身体中、傷だらけにして帰ってきたのよ。自転車かなにかにぶつかったって……言ってたけど……。全部わたしのせいだわ」

「――おばさんのせいなんかじゃない！」草平は声が枯れるほどの力で叫んだ。「ぼくがいけないんだ！　人と向き合おうとしないぼくが……。だからそんなこと、言わないで……」

だが受話器を耳に押し当てながら叔母は自分自身を責めていた。目元の涙を払い、声を震わせていた。

だけどいけないのは自分なんだ。おばさんはこれまでぼくを育ててくれたじゃないか――ちゃんと目を見てそう伝えたいのに、それはもう叶わないのだろうか。

草平は電話が終わらぬうちにそこから去った。どうしようもなくいたたまれなかった。

アパートを出た草平は、団地の隅でカカシみたいに突っ立っていた。

数十分はそうしていたかもしれない。ふと我に返ったとき、日が暮れかかっていた。まだ自分には行かなくてはならない場所があると思い出した。

八扇公園だ。いつものベンチで晴香が待っていた。この日はある目的のために、祠ではなくここで待っていると彼女が言ったのだ。

近くに人がいないことを確認してから、草平は文庫本を読んでいた晴香のそばに立ち、とんと肩を叩いた。

「草平ね」静かに微笑み、彼女は本を閉じた。

草平は、彼女があらかじめ置いておいてくれたノートとペンを手に取った。

〝あまり驚かなかったね〟

「かすかだけど足音でわかったもの。あのね、姿は見えないし、声も聞こえないけど、気配ってものはちゃんと感じるものよ。まあわたしも草平が透明人間になってから知ったんだけど——でも確かにそこにいるってわかるわ。触ることもできるしね」

晴香が伸ばした手を草平はにぎった。

彼女のやわらかく小さな手に触れていると、草平の目もとは熱くなった。そう気づいたときには涙が込み上げてきていた。いまにも溢《あふ》れそうだ。聖と叔母、そして再会した父の姿がまぶたの裏に蘇ってきた。

しかし草平は耐えた。空いていた片方の手で両のこめかみ付近をグッと押さえ、無理やり心を落ち着けた。

「……どうかした?」

まぶたを開くと、晴香が首をひねって、立ったままの草平の胸の辺りを見ていた。

〝どうもしないよ〟と書いた。

「嘘ね」と彼女は言った。「言ったでしょ? わたしは草平の気配だったら、姿が見えなくてもわかるようになったの。なにかあったなら話して」

草平は手を離して、もう一度ノートにペンを走らせた。

〝なにもないよ〟

晴香はその短い文章をじっと見た後、溜め息をついた。

「話したくないならいいわ。でも話せるようになったら教えてね」

晴香には敵わないな。草平の口もとがゆるんだ。しかし果たして話せるときが来るのだろうか。透明街の場所も、《clouds》のボーカルのことも、父のことも、すべてを話せる日がやって来るとはどうしても思えなかった。

「来たわ」

晴香が道の先を見て言った。草平もそれを確認すると、ベンチの裏に回った。

噴水の向こうからとぼとぼとした頼りない足取りで現れたのは、青田聖だった。今日、彼の姿を目にするのは二度目だ。

「……よお」

あからさまに元気のない声だった。晴香はなんと応えようかと迷ったみたいだったが、身体を少し横にずらした。

「座ったら?」

腰を下ろした聖と晴香の間に、人ひとり分のスペースが空いた。草平はちょうどそのうしろに立って成り行きを見守ることにした。

これも晴香の提案によるものだった。彼女の言う通り、二年五組の教室と叔母の様子は、草平が想像していたものとはあまりにもかけ離れていた。その彼女に、放課後に聖をここへ呼び出すからそれも見ていて欲しい、と言われたのだ。

しかしいったいなにを見ていろというのだ。草平には予想もつかなかった。

それまでうな垂れて黙っていた聖が言った。

「あのこと、謝るよ……」

晴香はちらりととなりの聖を見て、そして視線を前に戻した。

「謝って済むものじゃないわ」彼女なりの、精いっぱいの冷たい声だった。

「ごめん」と聖がまた言った。

草平も目撃した、ふたりのキスのことを言っているのだ。

「不意打ちっていうのよ、あれ」

「……ごめん、本当に」

ハアと息を吐き、晴香は黙った。しかし、彼女はもうあまり怒っていないのだろう、と草平は気づいた。そもそも他人に対して不平不満を抱くことが滅多にない性格なのだ。済んだことは仕方ないか、と受け入れてしまっているのだろう。

「まあ……それはいいとして――」晴香は腕を組んだ。「――ねえ、教室での、草平のことを教えて欲しいの」

聖の身体がわずかに揺れた。

「本当のことを教えて、ね？」とひときわ優しい声で言った。

いったいどういうつもりだ？　晴香と聖を交互に見た。彼女は自分になにを見せたいのだろう。

草平は動揺していた。

「おれがいけないんだ……」

聖がぼそりとつぶやいた。

「全部おれがやったことなんだ。おれが悪いんだ」

草平は耳を疑った。

「……なにをしたの？」と、恐る恐る晴香が聖に尋ねた。

それから聖は、ところどころつっかえながらも、草平にした仕打ちを洗いざらい喋った。壊して無視して笑って傷つけたことを。そして自分がそれらの首謀者だったことも正直に。草平が気づかなかった加害者側の企みなども含めて、事細かに。正確に。

しかし聖が話したことはすべてというわけではなかった。いくつかのひどい嫌がらせは伏せられていた。好きだった女の子に、自分の罪のすべてを打ち明けるのはためらわれたのだろうか。だけど、ひょっとしたら、本当に覚えていないということもあるのかもしれない。

だが草平は、自分がされたことをなにひとつとして忘れてなどいなかった。加害者は軽い気持ちで人を傷つけるが、被害者の記憶には強く刻まれるのだ。それを聖に教えてやりたかった。

晴香は、聖が草平にしたことをひとつひとつ聞く度に息を呑んでいた。聖が話し終えた後も、しばらく口をきけなかったようだ。

「……どうして、どうしてそんなひどいことをしたの？」こわごわと口を開いて、聖に声をかけた。

心の底から、彼の行動を理解できないのだろう。

「聖が怪我《けが》したことは不幸だったと思う。けど、草平は親友だったでしょ？　ふたりで全国大会に出るって言ってたじゃない。それが……どうしてそんな関係になるの？」

中学の頃の話だ。草平の不注意によって彼は怪我をし、足に軽い後遺症を抱えている。

聖は顔を伏せたまま沈黙していた。晴香はそんな彼の姿を受けて、少し気の毒に思ったようだ。

「……足の具合はどう？」と訊いた。

しかし、聖が唐突《とうとつ》に言った。

「――嘘なんだ」

「えっ？」そう言ったのは晴香と草平の両方だった。

「嘘なんだよ、後遺症なんて……」

聖はまた口を閉じた。噴水の音がやけに大きく聞こえた。頭の中で鳴っているかのようだった。

「……どういうこと？」と晴香が言う。

草平も聖を見ていた。彼がなにを言っているのか理解できなかった。

「おれが走れないのは本当だ……。全力疾走するとまだ痛むよ。でもそれは足首じゃない――」

聖の怪我は足首の骨折だった。草平も晴香も、他の生徒たちも、彼のギプス姿を見ていた。はっきりと覚えている。

「――すねだ。脛骨《けいこつ》だよ……。これは疲労骨折《ひろうこっせつ》なんだ」

動揺のあまり、草平はその場で身じろぎしてしまった。弾みで、足もとの茂みがかすかに揺れた。晴香が一瞬こちらを向き、小さくうなずいた。しかし彼女も草平と同じぐらい驚いているようだった。

「……おれはあの事故の少し前から医者に言われてたんだ。過剰なトレーニングによる疲労骨折ですね、だとさ。最悪な気分だったよ。だけどそれを我慢して最後の大会に出ようって思ったのさ。あれはそんなときの事故だった」

草平が落としたホイッスルが原因で、聖は転倒したのだ。

「骨折したおれはちょうどいいと考えた。これなら仕方ないって思った。草平が原因ならしょうがないって思ったんだ」

「わからない」晴香が首を振った。「なにを言ってるの？　ねえ、聖、もう一度順を追って話して」

草平もつばを飲み込み、彼の話を待った。聖は背もたれに預けていた身体を起こし、話し始めた。

「中学に上がったおれが陸上部に入ったのは、なんでだかわかる？」

「……草平が入ったからでしょ？」

「晴香が入ったからだよ」

聖が言った。

「草平は足が速かったよな。だからあいつが陸上部に入るのは当然だと思ったし、おれも入るべきだと思った。そうしたら晴香もマネージャーとして入部するって言う。じゃあおれも入ろうって思ったんだ。草平に負けるわけにはいかないって。だけど運動神経であいつに勝てる見込みはなかった。だからおれはちがう種目で頑張ろうって思った。二〇〇メートル走を選んだのは、特に理由はないかな……。あいつはやっぱりすごかった。一年生の頃から都大会で上位に食い込んだだろ？　素直にすごいと思ったよ。おれにないものを持っているってわかった。だけどおれも負けず嫌いだったから、部活も自主練もすっげえ頑張った。休むひまなくトレーニングしたよ。なんとしてでも草平に追いつかなくちゃってね。それと、あいつはちょっと視野が狭いところがあるからさ、おれはリーダーシップもとっていこうとしたよ。そのおかげで先輩から次期部長に任命されたしね。

だけど、二年の冬が明ける頃に疲労骨折の診断が出た。晴香も知っているだろうけど、あれはそう簡単に治るものじゃないんだ。けど、ここで諦《あきら》めるわけにはいかなかった。なにもしないまま草平の活躍を眺めてるなんてできない。だからやろうと思った。そんなときにあの転倒さ」

晴香と草平は黙っていた。聖は話を続ける。

「これなら仕方ないって思った。草平が原因で、晴香もその瞬間を見ていた。いろいろと好都合だった」

「――待って。その好都合ってなに？　仕方ないってどういうこと？」

晴香が口を挟むと、聖は静かにゆっくりと深呼吸し、そして言った。

「おれはさ、晴香が好きだったんだよ、もうずっと昔から。だから陸上部に入って晴香の視界から消えないように頑張った。なるべく良い成績を残そうと練習に励んだよ。だけど……晴香は草平のことが好きなんだろ？」

草平は晴香に視線を戻した。だけど彼女はなにも言わず、そのうしろ姿はぴくりとも動かなかった。

「怪我をしたおれは、疲労骨折じゃなく後遺症が残ったってことにして、その責任をすべて草平に押しつけようと思った。これでハードな練習ももうやらなくていいし、それを自己責任にもしなくていいと考えたんだ。自分を格好悪い男にしなくて済む——好都合だろ？　晴香からの同情も引き寄せられるしね。そして結局、草平は大会じゃあまり良い成績は残せなかった。あれはメンタルな部分に負い目があったせいだよ、間違いなく。おれがあいつを追いつめたんだ……。

だけどこんなおれにも罪悪感はあった。草平は親友だ。これからどうやってあいつに償おうかと悩んでたとき、一緒の高校に行って、あいつのサポートに回ろうと思いついたんだ。晴香みたいにマネージャーをやっていこうってね。そしたら卒業近くになった頃、草平は『高校では陸上はやらない』っておれに言ってきた。おれは……もう、なんだか、とにかく腹が立ったよ。あいつはおれよりもたくさんのものを持っている。もっと本格的に練習すれば陸上でもかなりの成績を残せると思っていたし、勉強もできた。なにより……晴香に好かれているあいつが、おれはずっと羨《うらや》ましかった。そんなあいつが家庭の事情とかで陸上を諦めるって言ったんだ。おれが怒る道理はないってことはわかってるよ……。でもおれはすげえ怒っちまって、その場であいつをボロクソに罵倒《ばとう》しまくった。それでもあいつは反論せずに男らしく全部受け止めようとした。おれはさらに自分がみじめに思えたよ。それでもう後には引けなかった」

晴香がようやく口を開いた。

「……それでいじめたのね？」

「はじめはそんなつもりなかったんだ。ただおれ自身が草平を見ているとイライラしてくるから、遠ざけてただけなんだ。一年のときは、クラスがちがったからそれでよかった。だけど二年に上がって同じクラスになってからは、すぐに周りがそれに気づいて、ちょっとした弾みでおれは怪我のことを言っちゃったんだよ。そしたらそいつらはおれの代わりに怒ってくれた……。おれのほうも……怒ってくれるあいつらを見てたら、やっぱり悪いのは草平だと考え直したんだ。自分に都合良く。それで……」

聖は肩を震わせていた。となりに座る晴香も静かに泣いていた。

「あいつを追いつめたのはおれなんだよ……。おれは草平に謝りたい……」

噴水の音にかき消されてしまいそうな声だった。

ふたりを背後から見る草平も涙を流していた。

一度こぼれた涙は、容易には止まらなかった。自分は、これまで真実を隠していた聖に腹を立てるべきなのかもしれない。ぶん殴ってやってもいいのかもしれない。だけどいま洗いざらい打ち明けてくれた親友に、どういうわけか怒りは感じなかった。できることなら、向かい合い、目を見て話したいと思った。

しかしそれができないのだ。いまは涙だけが溢《あふ》れて、どうしようもなかった。

# 第8章

# いまぼくはここに

Invisible

草平《そうへい》は、自分の中身がいま真っぷたつに割れていることを痛いほど自覚していた。

一方は、透明街《とうめいがい》の住人としてありたいと思う自分。もう一方は、外界《がいかい》に戻りたいと思う自分。両者は絶対に相容《あいい》れないが、どちらも悲しいことに本当の気持ちなのだ。

外界の様子を見てきた翌日、透明街の屋上の隅で、草平は外界での生活のことを思い返していた。どこで狂ってしまったのだろう。原因はなんだろう。どうしてこんなことになってしまったのか。

視線を遠くに向けると、ゴム毬《まり》でバレーボールをしている少女達がいた。キャンプファイヤーのときなどに、真っ先に踊り出す集団で、外界なら中学生か高校生に当たるだろう。彼女たちはとても楽しそうで、そして平和そうだった。

これから自分はどうすべきかわからなかった。しかしもっと考える時間が必要だろう。焦って答えが出るような問題ではないのだ。

草平は近くの階段を下りた。昼下がりだ。朝からなにも食べていないのでさすがに空腹だ。《JIRO》になにか残っていないかと思った。だがこの時間、店の中が無人になっていることも珍しくない。

しかしドアを開けて、草平の目に飛び込んで来たのは住人の群れだった。ジロウもシバタもタケヒトもその中にいる。中に入ってきた草平を全員が振り向いた。ざっと見てその数は三十人ほどで、《JIRO》の中はもう満杯だった。

驚いたが、草平は笑いかけた。

「どうしたの、みんな。こんな時間に集まって」

誰も反応しない。

「……どうかした？」

自分に注がれる視線に、ただならぬ気配を感じた。草平は笑うのをやめた。

「──草平、最近どこに行ってるの？」

シバタだった。イスから立ち上がり、草平の目の前に立った。

「昨日は街中にいなかったよね？」

そう訊《き》かれて胸の内がざわついた。なんと答えるべきかと頭を巡らせた。しかしすぐに返答しなくてはいけない。

「……外界に出てたよ」

「どうして？」

「調達先をいろいろと探しておこうと思って……。いっつも同じところじゃ不審がられるでしょ？　だから──」

「だから公園に行ったのか？」

ジロウの言葉に草平は息を呑んだ。彼は首を振った。

「もう知っているんだ。これ以上会話するつもりはない。残念だ、本当に」

「ちょっと待って……」草平は視線を周囲に走らせた。しかし味方はひとりもいないようだった。いつの間にか背後にも数人が回り込んでいた。

公園で会っているところを見られたのか？　誰に？　いや、考えている場合じゃない。

「ぼくは街のことを教えたりはしていない……。だから……大丈夫だよ。透明街に危害は及ばない」

「そうじゃないだろ」タケヒトが言った。ひどく冷たい声だった。

「これは掟だ。この街の唯一といってもいい掟。それを守れないということは、信頼を失うということ。街と住人への冒涜《ぼうとく》だ」

ジロウがぽんと手を叩いた。

「よし、捕まえよう」

背後の男に肩をつかまれた。捕まえるというのはどういうことだ？　掟についてはもちろん覚えている。だが掟を破った人間はどうなるんだ？　街についての説明をしてくれたセイジは、その場にいなかった。

草平は肩にかかっていた手を振りほどき、ドアから外に飛び出した。

大通りに転がり出た草平はどこへ行こうかと迷ってしまった。辺りはすでに囲まれていた。

「草平、おとなしくしてくれ。街を守るためだ。仕方ないことだ」ジロウがなだめるように言う。

「……ぼくをどうするつもりなの？　捕まえてなにになる？　街に危険なことなんてなにもない」

「掟ってのはそうじゃないだろ。破った人間には罰を与えなくちゃいけない。そうじゃなきゃ透明人間の存在は守れない。ちがうか？」

釈明しても無駄だと悟った。草平は街の出口――ひび割れのある壁目がけて走り出した。とにかく逃げなくてはならない。

しかしタックルを食らわせようと少年が横から飛び出してきた。驚いて立ち止まりかけたが、草平はハードルの要領でそれを跳び越えた。

着地すると、今度は前方に若い男が見えた。物干し竿を野球のバットのように振りかぶっている――とっさに身を屈めた刹那《せつな》、頭のすぐ上で風を切る音がした。

辺りが騒然とする中、草平は真っすぐに駆け抜けた。どうしてこんなことになった？　草平は嘆いた。みんなを危険に晒《さら》すつもりなんてなかったんだ……。

飛んだり跳ねたりするうちに、徐々に壁が近づいてきた。草平の脚力に追いつける人間はいなかった。大多数の住人を遥か後方に置き去りにしていた。

外へ出たらどこへ行く？　また祠《ほこら》に隠れるか？　晴香《はるか》に協力を頼むか？　だが壁までほんの五メートルに迫ったとき、突如、脇腹に衝撃を受けた。

バランスを失って頭からつんのめった。次の瞬間、草平はその場に土ぼこりを巻き上げて転がっていた。

仰向けになった草平の視界に里稲《りいな》が立っていた。空を背景にし、こちらを見下ろしている。彼女は肩で息をしていた。よく見ると怪我をしているらしく、両手からぽたぽたと血を地面に落としていた。

「里稲……」

頭を打ったらしく、草平の意識はぼんやりとしていた。それでも彼女の怪我が心配で、首をもたげたときにようやく気づいた。

彼女の手を汚すその血は、彼女のものではなかった。

草平は、自分の右の脇腹辺りに赤いシミを見た。トマトソースをこぼしたような、真っ赤なシミだ。しかもどういうわけか、ゆっくりとそれは広がっていく。さらによく見ようと首を持ち上げたが、引きつった痛みが走った。

呼吸を荒くする里稲の右手に光るものがあった。草平は目を見開いた。

よろよろと近寄った彼女は言った。

「……どうして街を、裏切る、の？」

くちびるは震えていた。

——ちがう。

そんなつもりはなかった。しかし言葉が出てこない。首を振ることもできない。息が切れ切れになって、のどがうまく動かなかった。脇腹を中心に、だんだんと身体が熱くなってきた。

そうこうするうちに住人が追いついた。彼女の背後にたくさんの人影が現れた。こちらを見下ろしている。しかしその顔は見えない。どれひとつとして誰の顔なのかわからない。まるで視界に霞《かすみ》がかかったようで——。

草平は気を失った。

まぶたの向こう側であらゆる人間が通り過ぎるのを感じていた気がする。だが目を覚ましたとき、そこには汚れた天井しかなかった。

胸騒ぎの残滓《ざんし》があった。なにか大変な出来事に巻き込まれていた——そんな感覚だけが残っていた。たっぷりと時間をかけて、それを思い出したとき、草平は身体を起こした。

「——あぁっ……！」

しかし短い悲鳴を上げて、ふたたび固い床に倒れ込んだ。腹の中にカミナリが落ちたような、痺《しび》れを伴った激痛だった。

そうだ。自分は刺されたんだ。誰に——里稲だ。すべて思い出すと、草平は言葉では言い表せないほどの冷たい衝撃を胸に覚えた。

しばらくの間、腹を抱えて痛みが去るのを待った。その後、慎重に服をまくって見てみると、腹にはぐるりと包帯が巻かれていた。

「たいした傷じゃない」

視線をずらすと、鉄格子の向こうに巨体があった。

「傷自体は深くない。里稲が持っていたのは刃渡りがこんなもんしかなかったからね」

タケヒトは両手の人差し指を向かい合わせ、小さな間隔を作った。その幅は小指一本分もなさそうだ。

「チャチなコンパクトナイフだ。傷口は縫《ぬ》ってある。知っていたか？　ジロウは医学生だったんだと。少なくとも内臓には届いていないらしいから安心しろよ」

草平は寝転んだまま部屋中に視線を巡らせた。自分は四畳半もない小さな空間に寝かされているらしい。窓はなく、蛍光灯が格子の向こうにひとつあるだけだ。足もとの少し先には便器まであった。驚いた。ここはどこからどう見ても牢屋《ろうや》である。

「……里稲は？」

「さあ、知らないな。それよりも自分の心配をしたらどうだ？」

「ぼくはどうなるの？」

タケヒトは肩をすくめた。

「みんな困っている。これまで外界の人間と何度も会っていた住人なんていなかったからね。ここは透明街の地下だ。街でケンカとかの騒ぎを起こした連中を閉じ込めておく場所なんだ。だけどひょっとしたら、今日から草平の新しい部屋になるかもしれないな。さすがに死刑というわけにはいかないし」

「……ぼくは街を裏切るつもりなんてなかった」

「それとこれは別問題だ。掟は掟。破った人間の考えとは切り離すべきだろ。そう思わん？」

タケヒトがそばにあったイスに腰掛けると、その重みで悲鳴のような音が鳴った。

――思うよ。

だが草平は黙って顔を背けた。自分が晴香と密会を続けたことは確かだ。おそらくそれを住人の誰かに見られたのだ。調達人しか外界に出てはいけないという決まりはないのだから、きっとそうなのだろう。

しばらくするとタケヒトはいなくなった。

里稲を想うと、草平は胸をえぐられるような気持ちになった。彼女はここで生まれた人間だ。その街の存在を脅かす住人は、彼女にとって敵以外の何者でもないのだ。外界の人間と密会していた自分を、ひどく憎んでいることだろう。

草平は首をひねり、鉄格子を見た。誰かが来る気配はない。それにしても自分はどのくらい寝ていたのか。昼下がりに気を失い、目を覚ましたら窓もない地下室に放り込まれていた。いったいいまは何時ぐらいなのか。

相変わらず身じろぎする度に傷は痛むが、しかしタケヒトの言う通り深くはないようだった。包帯は真っ白なままだし、呼吸もそれほど乱れていない気がする。だが熱があるようだった。それも体温が下がるよりはマシなのかもしれないが。

ふたたび気づいたとき、自分はまた寝ていたのかと驚いた。

古びた蛍光灯と鉄格子、素《そ》っ気《け》ないぐらい固い床、先ほどとなにも変わりないので、悲しいことに草平は少し安心した。他の住人もいない。

きっといまは真夜中だろう——そんな気がした。草平は痛みを堪《こら》えてでも上半身を起こそうと決めた。気を失っていた状態でも同じ体勢を保っていたらしく、いまは全身の関節や筋肉が動きたがっているのだ。腕や背中に力を入れる度、ふんと踏ん張る必要があったが、なんとか身体を壁にもたれかけさせることができた。

寝ていたときには死角となって見えなかったが、格子の向こうには別の扉があり、それも鉄格子でできていた。二重の牢屋というわけか。さらにその先の通路は一層薄暗くてよく見えないが、ここが地下室であるなら、そこには必然的に地上へ続く階段があるのだろう。

草平は目を凝《こ》らした。その暗闇の中に動くものを見たのだ。完全な無音に近かったため、近づいてくる音もかすかに耳が拾っていた。しかしそれは人間が発するものではない。

そう気づいたとき、鉄格子の向こうからオセロが姿を現した。草平は度肝を抜かれた。誰が入ってきてもおかしくない状況だと思っていたのに、予想外の訪問者だった。

猫は外側の鉄格子をするりと抜けて部屋に入ってきた。草平はじっとそれを見ていた。そしてこちらを見返すその小さな生き物が、ぬっと巨大な影となり、立ち上がったのだ。

恐怖でふたたび気を失うところだった。草平は痛みも忘れ、慌ててあとずさった。しかし背後は壁だ。どれだけ足を動かしても、後頭部がガンガンと壁にぶつかるだけだった。

影は人の形をしていた。いや、もう影ではない。ひとりの少女になっていた。

草平はその顔を知っていた。

「……マキちゃん！」

「そぉだよー、マキだよー」

鉄格子の向こうで少女が笑っていた。

目の前にいるのは確かに玉川《たまがわ》マキだ。祠で初めて出会い、いつの間にか二年五組のクラスメイトになっていた謎の少女だった。草平はあんぐりと開いていた下あごを元に戻してから言った。

「……なんできみがここに？　いや、いまの猫が、だってオセロは——あれ、どうしてぼくの姿を……？　透明街は、だって、そんな……」

マドラーを頭の中に突っ込まれ、かき回されているようだった。疑問が次から次へと湧《わ》いて、それらはちっとも現実と結びつかないのだ。

頭を抱えそうになったが、草平はもう一度マキちゃんを見上げた。

「きみはいったい何者なの……？」

「マキはねー、カミサマなんだよー」彼女は格子に両手をかけて、頭を揺らしながら笑っていた。

草平の思考が止まりかけた。

「……カミサマ？」

「ねえ、そーへー、この街は楽しい？　楽しいでしょっ？　なんたって、そーへーのために作ったんだから！」ふんと鼻息を荒くしてマキちゃんが言った。

「……なんだって？」

「居場所が欲しいって願ったでしょ、橋の上で。だからマキが作ったんだよぉ、そーへーのための居場所を」

「……ちょ、ちょっと待って！」

草平は彼女を制した。額に手を当て、いま耳にした言葉をひとまず飲み込んで、すべてをつなげようと努力した。カミサマという言葉は、この街に来たときに聞いた覚えがある。街の大人たちの中には、透明街にはカミサマがいると信じている者もいる——そういう話だった。だけど彼女がカミサマ？　あり得ない。どう見てもただの女の子だ。だけどいま猫の姿から……。

にこにこする彼女を見つめていた。しばらくしてから草平はゆっくりと口を開いた。

「きみが……透明街を作ったの？」

「うん！」

「どうやって……？　おかしいじゃないか。ここは……大昔からあるって聞いたよ。現にぼくが来たときにも住人はたくさんいた。馬鹿なこと言うなよ……」

「だーかーら、大昔に行って作ったんだよ。大変だったんだから。ぜぇんぶそーへーのためなんだよ」

「……ぼくのために作った？　ぼくだけのために？」

「そう！　そーへーだけのために、みんなを集めたの。でもただ集めるだけじゃすぐにバラバラになっちゃうじゃない？　だから透明にしてみたの。そーへーみたいに、居場所をなくした人をね」

草平の声が震えた。

「人って……透明街の住人のこと？　きみはカミサマで、彼らを……ぼくひとりだけのためにここへ集めた？　そう言った？」

「言ったよぉ。でもみぃんな気に入ってくれたよ！　外《そと》よりもこっちのほうがいいって話し合ってるのを、マキ、何度も見たもん」

彼女の言うことを必死に頭に詰め込みながら、草平は混乱しかけるのを耐えていた。

「なんで、きみはどうしてぼくのところに……？　二年五組に？」

「祠で会ったときは、願いは決まってなかったでしょ？　だから決まるまでそばにいてあげようと思ったの。あ、でももう学校ってところには行ってないよ」

晴香に言われてクラスの様子を見に行ったとき、確かに彼女の姿はなかった。不思議と思い出しもしなかった。

「……転校したってこと？」

「ううん。もともといなかったことにした。だから誰もマキのこと覚えてないよー」

彼女はにっこりしながらそんなことを言うが、草平にはその意味が理解できなかった。

「さっき大昔って言った……？」

「うん！　だって街を住みやすくするためには、住んでる人があれこれ作ったほうがいいでしょ？　だからずーっと昔に行って、たっくさんの人たちを透明にして、ここに呼んだの」

「……なんのために？」

「そーへーのために！」

堂々巡りだった。

つまり彼女はこう言いたいのか——大昔に行って、透明街を造り、住みやすくするために過去から現在までに数えきれないほどの住人を集め、そしてなぜ集めたかといえば嶋《しま》草平というひとりの人間の願いのため？　居場所が欲しいというちっぽけな願いのためにか？

マキちゃんはらんらんと輝く目をしていた。そこには不自然なくらい一点の曇りもなかった。

「いいことしたよね、マキ。そーへーが透明街に入ったとき、『やった』って思ったもん！　なんたってお父さんとやっと会えると思ったからね！　でもいつまで経ってもそーへーが気づかないから、マキが地下に案内してあげたんだよぉ」

「やめろ……」

「友達もたくさんできたよね？　家族みたいに過ごせたりもしたよね？　そういうのって楽しいんでしょ？　本もたくさん用意したし。居場所ができてよかったね！」

「……やめてくれ」

「みんな街を気に入ってるし、誰もここを出たくないって思ってるでしょ？　いまはみんなに怒られてるみたいだけど、謝ればきっと許してくれるよ。だってここはそーへーの街だもん。でも気に入らないんだったら、マキがまた別の街を造ってあげてもいいよ？」

「頼むから……もう……」

――やめてくれ。

湯気が出るかと思うほど身体中が熱くなってきた。草平の目に映るマキちゃんの姿もとろんと溶けていくようだった。それにつれて彼女の声もどんどん遠ざかっていった。

「草平」

誰かが呼んでいる気がした。

「起きてくれ、草平」

悪夢から逃れるように目を覚ました。自分はまたしても眠っていたのか。いや、そもそもマキちゃんが現れたのは夢のほうだったのだろうか。

「草平、起きたか」

天井を向いていた頭を左に少し傾けると人影があった。鉄格子の内側に立っている。玉川マキか――ドキリと心臓が揺れたが、その姿は先ほどよりも大きかった。

草平は目を凝らした。大きな身体、ボサボサの髪、張りのない皮膚、それは肉親の姿だ。

「……父さん?」のどから出たのは弱々しい声だった。

「父さんなんて呼ばないでくれ。そんな資格はないんだ」嶋葉一《よういち》は首を振った。

彼に引っ張られるように身体を起こした。草平は下唇を噛《か》んだ。どうして「父さん」なんて呼んでしまったのだろう、と後悔した。見ると彼はひとりのようだった。

「どうして牢屋の中に?」

「これだ」

手にしていたのはキーリングだった。輪っかには二本の鍵がついている。草平はそれを見、ふたたび顔を上げた。

「……あなたはこんなところでなにをしてるんです?　その鍵は?」

「セイジってやつが渡してくれた」

「なんですって？」草平は耳を疑った。

「お前がここに入れられているって教えてくれたんだ。いまは真夜中だ。おれはお前を牢屋から出すために来た。立てるか？　よし、お前はもう逃げろ。そしてもうこの街のことは忘れるんだ」

「……なんで？」

ふたたび手を貸してもらい、草平はなんとか両足で立ち上がることができた。しかし傷は痛む。草平は脇腹を押さえて呻《うめ》いた。

草平は自分が寝かされていたところに目を落とした。玉川マキが現れたのは夢だったのだろうか――ちがう。楽観的に考えようとした自分をすかさず否定した。もう何度も経験しただろう。辛いことほど夢じゃないんだ。

ふと見ると、嶋葉一は草平の右の脇腹を見ていた。痛々しい表情で。

「……なんです？　息子が傷つけられれば自分も同じように痛む、とか思ったりするんですか？」

彼は草平のへたくそな嫌味には応じなかった。

「まだおれは謝らなきゃならん」と言った。

「……当然です。一度や二度、頭を下げただけで許されるはずがないんです。でももういいです。あなたに期待はしていませんから」

「そうじゃない」嶋葉一は首を振った。

「言っとかなくちゃならんことがある。その傷のことだ」

草平は自分の腹を見下ろしてから首をひねった。

「なんの話ですか？」

「あの子が刺したんだろう？　おれはセイジから聞いた。驚いたよ、こんなことあってはならない。だけど責めないでやって欲しいんだ」

「話が見えない――」

「あれはお前の妹だ」

嶋葉一がそう言うと、蛍光灯の音だけが狭い地下室をいっぱいにした。ジーという無機的な音が、草平の鼓膜を揺らし続けた。耳を塞《ふさ》ぎたくなるぐらい、それをうるさいと思った。

「……もう一度言ってください」草平はつばを飲み込んで、耳をすませた。

その男はうんとひとつうなずいて言った。

「嶋里稲《りいな》はお前の妹だ」

「しま、りいな？」

「あいつは苗字《みょうじ》を捨てたがな。おれがろくに育てられなかったからだ。おれはふたり目も育てることができなかったんだ……」

「妹……ぼくの？　あなたの娘？」

彼は手で自分の頬を撫《な》でた。老人のようなそれはガサガサと音を立てそうだった。

「母親はちがう。おれが透明街で出会った女だ。だがそいつは里稲を生むとどこかに行っちまった……」

痛みや疲れのせいか、このところ驚天動地《きょうてんどうち》が続いているせいか、もはや大きな反応を示すことができなくなっていた。驚きにはちがいない。しかし氷みたいに冷たい感情が混乱を抑制していた。

里稲の顔を思い出しながら、草平は静かに頭の中で物事を整理した。

「……つまりあなたは外界で息子を放棄して透明街に逃げ込み、そこで出会った女と子供を作った。だけどその子供すら放棄し、かといってこれ以上逃げるところはないために、そのまま同じところに居座っていると――そういうことですか？」

間近で父親が苦しみに耐えるようにうなずくのを見た。

「里稲は誰が育てたんですか？」

「他の大人たちだ……。こんなちっちゃい頃は、代わる代わる面倒を見てくれてた。いろんなことを教わっていたみたいだな。たまに、ごくたまに、おれのところへメシを持ってきてくれたりするんだ……。ただ育てる者がめまぐるしく代わるせいか、無口な娘《むすめ》になっちまったけどな……」

あの薄暗い地下通路の突き当たりで、いま目の前にいる父親と、無言で宙を見つめる里稲が一緒に過ごしている光景を思い描いた。会話もなく、視線も合わさず、時間だけがゆっくりと流れる、そんな場面だった。

嶋葉一は草平の背中に当てた手に力を込めた。

「頼む！　あの子を恨まないでやってくれ……。あの子にとって、ここはただの隠れ家じゃない。生まれ故郷なんだ。そこを奪われると勘違いしただけなんだ……。頼む」

男は頭を垂れるように目を伏せた。草平はそれを静かな気持ちで見ていた。

「里稲を恨む？　あり得ませんよ、そんなこと……」本当に恨んでなどいないのだ。彼女が自分の妹だと知ってしまったいま、この刺し傷にすら愛着を抱けそうだと思った。

「顔を上げてください」

できるだけ優しく草平は声をかけた。彼がいなければ里稲は生まれなかったのだ。これ以上この男を憎んでも仕方ない。もうそう思うことにしようと決めた。

嶋葉一はじっとしていたが、やがておずおずと顔を上げた。

草平はそれを待っていた。すでに両足には踏ん張りをきかせている。あとは痛みを堪えるだけだ。そして父親の顔目がけて、渾身の力で右のこぶしを振り切った。

男は鉄格子に頭から突っ込んだ。ゴンと間の抜けた音が鳴った。それを見て、少し、本当にほんの少しだけ気が晴れた。

しかし予想通り傷口は激痛を呼び起こした。脂汗《あぶらあせ》が身体中から溢《あふ》れてきた。

「……あなたはどうかしています」

よろよろと立ち上がろうとする男の背中に向けて、草平は言った。

「人としてのなにかが欠落しているとしか思えません」

「すまん……」と弱々しい背中が応えた。

「セイジはどこですか？」

「おれと別れた後は時計台の階段を上っていったが……。なにを考えてるんだ？　お前は早く逃げなきゃならん」

「あなたには関係のないことです。どうぞ、もうどこへ行っていただいても構いません。ぼくは最後に彼に会わなくちゃいけないんです」

嶋葉一はしょぼくれた声になった。

「おれは……この街をなんとかしなくちゃならない……」

「え？」

しかしもう男からの返答はなかった。ぶつぶつとなにか言っているが、聞き取る気はなかった。

草平は早々に諦めて牢屋から出て、その先の階段を上り始めた。背後で自分を見送っているはずの父親は、なにも言ってこなかった。瞳が涙でにじむのは痛みのせいだと思いたい。

街は眠っていた。火を焚《た》くときは夜中まで宴は続くが、普段の透明街の夜は早い。住人たちはあまり夜更《ふ》かしをしないのだ。

屋上にもやはり人はいなかった。ほとんど開けた景色のため、それがよくわかる。空には星が出ていたが、あれは本当に本物の星なのだろうか。この街はあらゆる意味でニセモノだ。本来あるべきはずではないものなのだ。自分のような人間の願いを聞き入れた、おかしなカミサマが作った世界だ。

時計台までやって来たが、そこにも人影はなかった。角度を変えて見てみると、一方の外壁に階段が掛かっていることに気づいた。それを上ると内部に入れる造りのようだ。草平は決まった角度から眺《なが》めるばかりで、一度もここを訪れたことがなかった。

草平はふたたび段差に足をかけた。ここにやって来るのもかなり困難だった。一段一段を上る度に激痛が走る。汗で服はぐっしょりと濡れていた。ひょっとしたら包帯は血でにじんでいるかもしれない。

ドアを開いて中に入ると草平は驚いた。

盤には針がないというくせに、時計台の内部には歯車などの大型の機械がずらりと並んでいるのだ。少し苦労すれば時計も動かせるんじゃないか、と草平は思った。天井からはとってつけたような電球がいくつかぶら下がっており、内壁に機械の影を映していた。

「セイジ、いるのか」草平は声をかけた。

だが返事はない。内部の中央は吹き抜けになっていて、草平はそこを覗き込んだ。しかし真っ暗だ。

どこまで続いているのだろう。

　逃がしてくれるというセイジの気持ちはとても嬉しかった。だけど彼に会わないまま、この街を去ることなどできない。自分は彼に会って、彼と話して、とても救われた気持ちになれたのだ。顔を向き合わせて別れの言葉を言わなければ、きっと後悔すると思った。自分が外界で他人と向き合おうとしなかったように。

　ほんのひと月の間にできたセイジとの思い出に浸っているとき、左の物陰からなにかが素早く走った。

「――うっ！」

　突如、腹部に重いものを感じ、身体がくの字に曲がった。同時に刺し傷が盛大な悲鳴を上げた。

「あぁっ……」

　草平は吹き抜けを半周ほど囲う手すりに寄りかかった。いったいなにが起こった？　視線を戻すと、セイジが立っていた。長めの髪を払い、ゆらりとこちらに一歩踏み出した。

　彼の手には太い鉄製の棒があった。

「セイジ、なんで……？」

「どうしてここへ来たんだい？」

　激痛の中、彼の言葉が脳内で反響した。

「……どういう、意味？」

吐き気を覚えるほどの痛みだ。骨が折れたかもしれない。

「草平、ボクはキミに最後のチャンスをあげたんだ。キミはボクの良き友人だった。牢屋に鍵をかけたことで、住人はみんな安心して寝ているよ。地下から脱出したのなら、そのままひび割れから出るべきだろう。なのに、どうしてここに来たんだい？　ボクは考え事をするときはこの時計台に来るんだ。すると今夜は足音が聞こえるじゃないか。階段をよたよた上ってくるキミを見て驚いたよ」

「……セイジ、きみがここにいると聞いたんだ。最後に会いたいと思った。だから来た。それだけだよ」

脇腹を押さえ、草平は口の端から垂れたよだれをぬぐうことすらできなかった。

「ボクはキミに忠告した。透明人間の存在を外界に知られてはいけない、と。しかしキミは聞かなかった。そしていまふたたびボクからの最後のチャンスを棒に振ったね。街を出ろと言ったのに……」

汗と涙で溢《あふ》れた視界の向こう側で、セイジは言う。

「キミは危険な人物のようだ——友人としての最後の情けにすら耳を貸さないほどに。そんな透明人間を外に出すわけにはいかない。傷口を押さえながら階段を上るキミを見て、ボクはそう考え直したんだ」

「……なにを？　どうする気だ？」

セイジの目はとてもきれいで穏やかだった。

「草平、街の掟を伝えたのはボクだが——掟を破った人間をどうするかは、実は決まっていないんだ」

そう言って、彼がにぎっていた鉄棒が草平を襲った。上から振り下ろされたそれを草平は間一髪で避

けたものの、さらに部屋の隅に追いつめられてしまった。

「この街には死刑がない。誰もそんなものを見たくないからだろう。だけどボクならできる。友人であるキミをこの手で……」

草平は息が切れていた。セイジはハッタリで言っているわけではない。本気で自分を殺そうとしているとわかった。

「……どうしてぼくの父を知っていた？」草平が訊いた。

「キミがあの男と話しているのを見たんだよ。街の外れで、キミは階段を下りていっただろう？　あそこは大人たちの遊び場だ。なにかトラブルに巻き込まれたらよくないと思って、ボクも後を追ったのさ。だけどキミは大部屋にいなかった」

「……奥でぼくを見たのか？」

「ああ。あんなに大声で叫べば聞こえるさ。驚いたよ、父親も透明街の住人だなんて。しかもあの男が」

「……知ってるの？」

セイジの切れ長の瞳は草平を鋭く見据えていた。

「里稲の父親だろう」

「そうだ、きみは……前に死んだって――」

「死んだも同然って意味で言ったのさ。それに知らなくたっていいことだろう。あんな男を父親に持つ里稲はかわいそうだっていうのが、住人の共通意見さ。まあ本当に知らない人間もいるけどね。なんせあの男は外へ滅多に出てこないからね」

セイジは続ける。

「でもそれはいいんだ。キミが里稲と兄妹だってことは、ボクにとってはたいしたことじゃない。だけどキミは、両親が死んで叔母に育てられたって話したよな」

草平は黙っていた。

「そんな人間が、こんなところで自分の父親に会ってしまうんだ。しかもあんなに情けない男だ。ショックだっただろ？　あれだけ怒るんだ――ショックじゃないわけがないよね」

「なにが……言いたい？」

「ボクは疑り深い性格なんだ。外界ではいろんなやつにダマされてきたからね。話したろ？　キミの価値観が変わるんじゃないかと危惧《きぐ》したんだ」

草平は傷が痛むように顔を伏せ、視線を床に這わせた。ドアは左手にある。吹き抜けは梯子がかかっている。逃げ場はそのふたつしかない。だがこの傷の痛みでは、走ることなどできそうになかった。

「……価値観って？」

「人間のものの考え方はちょっとしたことでコロッと変わるだろ？　ある日出会った父親に街から出ていけと言われたり、プロにならないと決めていたのにデビューしようと企んでみたりさ。それに、その前から、キミは何度かひとりで外界に出ていったりしていただろ。父親と会った翌日もふらふらとひび割れを通っていったね。だからボクは後を尾《つ》けた」

草平は息を呑んだ。そして記憶を漁《あさ》った。あの日どこへ行って誰に会っただろう。だが痛みが邪魔をして、頭が働かない。

「学校に行ったね——ボクは校門の辺りで待っていたが。その後はアパートに行っただろ？　あそこがおばさんと住んでいる自宅ってことだね。そしてその後だ。それまでボクは、さすがに中にまでは入れなかった。危険だからね。だけど公園のベンチで、キミはあの女と会ったよね。ペンとノートを使ってコミュニケーションをとっていたんだろう？　驚いたよ、あのときは。透明人間がふつうの人間と密会できるなんて……」

瞬間、草平は覚悟を決めてドアに飛びついた。しかしセイジが振った棒が足に絡み、その場に素っ転んだ。

何度目かの激痛の波が襲ってきた。今度こそ間違いなく傷が開いたと思った。

セイジはドアの前に立ちはだかり、足の裏で草平の身体を蹴った。弾みでごろりと回転し、草平は仰《あお》向けになった。

「草平、『人の話を聞かない人間は怒りっぽい』だぞ。そういえばあのときは父親に対して激怒していたしね。さっきはどうだい？　息子を助けにきてくれた父親を、まさか叱りつけたりしていないだろうね」

草平の胸は大きく上下していた。

「……殴り飛ばしてやったよ、一発だけ」

それを聞くとセイジは笑い出した。高笑いというやつだった。彼がここまで笑うのを草平は初めて目にした。

そして笑い終わると、無言で、彼はもう一度草平の身体を蹴り上げた。ふたたび横回転した身体だったが、草平は内臓がふわりと浮き上がる感覚を覚え、とっさに床に手を伸ばした。

心臓が飛び出るかと思うほどドキリと鳴いた。いつの間にか自分は吹き抜けに落ちかけていた。足の先には地面がない。ぶらりと垂れた身体が重い。

両肘《りょうひじ》を縁に引っ掛けて踏ん張ると、鋭い痛みがまたしても傷口から四方八方へ飛び出した。

「――あああぁぁぁっ！」

耳にした後に、そのつんざくような声が自分の悲鳴だと気づいた。

「そこは一階まで吹き抜けている。落ちればまず助からない」

セイジが頭の上で言った。しかし顔を上げることはできない。草平には、彼の二本の足しか見えない。

「なあ、聞かせてくれ。この街のなにが気に入らなかったんだい？　ここは人間が一生を送る上で必要なものは揃《そろ》っている。敵はいない。危険もない。キミを迫害するような輩は絶対に入ってこないんだ。時にはケンカもする住人だが、外界でキミをいじめるような陰湿なやつらは透明人間になれない。ねえ、ボクは本当にわからない。キミがどうしてあんな真似をしたのか、いまもさっぱり理解できていないんだ」

草平は必死にしがみついていた。

「……ぼくは外界で逃げてばかりだった。自分には居場所がないって思ってしまったのがいけなかったんだ。それでこんな街ができてしまって——」

「なにを言っているんだい？」

「……向き合おうとしなかったんだよ、ぼくは。自分を嫌うすべての人たちをそのままにして、自分だけが不幸だということにしていた。それもしょうがないことだって思うようにしたんだ……」

そうなのだ。聖もクラスメイトも叔母も、みんな自分を見ようとしなかった。そう思っていた。だけど同じように自分も彼らに目を向けなかった。そして透明人間になって、ようやく本当に見られないことの怖さを、その孤独さを知ることになった。しかしなにもかも遅かったのだ。

「キミは透明人間であることに幸せを見出せなかったということかい……？　よくわかったよ」

セイジはひときわ優しい声で最後の言葉を紡いだ。

「——それじゃあね、草平。短い間だったけど、楽しかった」

もう駄目だ。先ほどよりも視界がさらにぼやけていた。セイジの二本の足が四本に見える。それは痛みによる幻覚なのかもしれない。これが死ぬ前の光景なのか。

不意にゴツンという硬質な音がした。

続けて目の前にセイジの顔が見え、草平はぎょっとした。彼は薄目を開けたまま動かない。続けてゴトリという音と共に、レンガの破片が上から落ちてきた。

何事だと思う間もなく腕をつかまれ、草平はずるりと床の上に引っ張り上げられた。里稲だった。

仰向けになったまま、草平は彼女を見上げた。彼女は草平と同じぐらい汗だくだった。

「どうして……ここが……?」

彼女はためらいがちに言った。

「……お父さん、が、ここだって。急いで、来たの」

お父さん、か。当然それは嶋葉一のことだろう。

「早く外へ」と彼女は見下ろす。「急いで」

「……どうして?」

もう立ち上がれない。すべての体力を使い果たした気分だった。

しかし里稲は言った。

「もう、この街は、終わるから」

「……なに?」

外はひどい有り様だった。夜明け前の空の下、街のあらゆるところから煙が立ち上っていた。ゆらゆらとオレンジ色に輝いているところもある。

大火事だ。草平と里稲は屋上からそれを眺めていた。

「……なに、これは？」

目の前の景色が信じられなかった。

気絶したセイジを背負った里稲が、となりで言った。

「こうするしかないって。草平を、外に帰すには、もう街をなくすしか、ないって」

「……あの人がそう言ったの？」

彼女がうなずくのを見て、草平はめまいを起こしかけた。

「それでいいの？　ここは里稲の街だろう。ぼくを怒っていたんじゃないのかい？　きみの生まれた街がなくなってしまうんだよ！」

しかし里稲は草平の脇腹に手を当てた。

「ごめんなさい」

「こんなの……」とは言ったものの、傷は歩く度に痛んだ。「気にしてないよ。それよりも……その……」

里稲はまたうなずいた。

「さっき、知った」

「そう……」

自分がセイジのところに向かう間に、嶋葉一は里稲に話したということか。草平は彼女と目を合わすことができなかった。こんなにも気まずいことはないと思った。

「……ぼくはきみの街を壊すきっかけになった。ぼくを恨まないの？」

「わたしの、お兄ちゃん」

思わず振り向いてしまった。彼女は真っすぐにこちらを見ていた。草平はなんて返せばいいのかわからなかった。

「だから、いいの」と彼女は言った。

不意に下のほうが騒がしくなった。見下ろすと、嶋葉一が遥か下の大通りで松明《たいまつ》を掲げて走り回っていた。「火事だぞ火事だぞ！」と叫んでいる。

その姿はずいぶん格好悪いし、まるで狂人に見えた。だけどあの人はいま息子のために動いている。そう考えると、笑い飛ばすこともできなくなって草平は困惑した。

不意に足もとがぐらぐらと揺れた。ビルが崩れる——とっさにそう思ったが、

「閉じる、のかも」と里稲が言った。

「えっ？」

「空間が閉じる」

草平はその瞬間、里稲の背後の、遥か遠くに見えていた巨大な壁が、とてつもない勢いで目前に迫ってくるのを見た。思わず目をつぶった。

まぶたを開いたとき、目の前の景色が思考と一致しなかった。

どう見てもそれは古書店である。雑居ビルの一階に構えた、なんの変哲もない店舗だ。調達から帰る際になんども見た店だった。店内に見える時計は四時十五分を指していた。

草平は左側に目を移した。そのとなりも雑居ビルだ。

しかしふたつのビルの間にはどういうわけか隙間《すきま》がなかった。ぴたりとくっついており、アリ一匹通れないだろう。一見してそうわかった。

「あああっ！　戻ってる！　影が！　街がっ！」

声に驚いて振り向くと、タケヒトがそこに立っていた。頭を抱えて叫んでいた。

彼だけではない。多くの人間が辺りに散らばっていた。中には見知った顔もいくつかある。彼らはタケヒトと同じように雑居ビルに目をやり、そして自分の足もとに視線を移すのだった。

草平も両足の先を見た。空が白んできたせいで見て取れた。そこには自分の影が――うっすらとではあるが――確かにそこにあった。

住人たちの嘆きは、まるで亡者《もうじゃ》の叫びのように辺りにこだましていた。

悲しみに満ちた叫びの中、草平はとなりの里稲を見、彼女の足もとを見た。影があった。背負っているセイジの分、ひときわ大きな影になっていた。

「……街は？」と草平が訊いた。

「もう、ない」と里稲は首を振った。

いつかセイジに言われたことを思い出す。大きな衝撃によって空間が閉じてしまうかもしれないという、街の古い言い伝えだ。いまそれが起きたのだ。

街はもうない。頭でそう理解すると、草平は心にぽっかりと穴が開いた気持ちになった。それは周囲の元住人たちと同じ気持ちだろう。長く過ごした住人ほど、その悲しみも大きいはずだ。

「大丈夫か？」

嶋葉一が住人をかき分けて現れた。草平は彼の肩をつかんだ。

「どうしてこんなことを……？」

しかし彼は頑なで、表情を変えずに言った。

「お前を助けるためだ」

「それがどうして街を壊すことになるんです？」

「街をそのままにしておいたらお前にとってよくないことだと気づいたんだ」

「……だけどあなたは？　里稲は？　居場所を失ったんですよ」

草平の必死の言葉だったが、父親はしゃがれた声で笑った。そして首を振った。笑った顔を草平は初めて見た。いや、自宅で見た写真以来だった。

「これは引っ越しだ」と彼は言った。

「……引っ越し？」

この状況下に似合わない、とぼけた単語だった。

「引っ越しだ。知らんのか？　引っ越しってのは居場所を変えることだ。しかし、おかしなことを言うな。居場所ってもんはなくならん。自分がいるところが居場所だろ」

嶋葉一は、里稲からセイジを引き取り、大きな背中に乗せた。

「この男はおれがつれていく。報復？　それは絶対にないから気にするな。周りを見ろ」

辺りにいた透明街の住人たちは、徐々にこの場を去り始めていた。すでに先ほどの半分もいない。タケヒトの姿までなかった。

「透明人間は弱い。姿を消さなくちゃ、とてもじゃないがこの世で生きられないと思っている人間がなる。街を失って、透明でなくなったあいつらは、もうかなり焦っている。どこへ行けばいいかと途方に暮れている。現に投獄されていたお前がここにいるってのに、誰も見向きもしないだろう。結局、やつらは自分のことしか考えていないのさ――まあそれはおれにも言えるがね……」

力のない笑いを浮かべた。少しだけ若返ったように――いや、年相応の顔に見えた。

「住人はもっといたんじゃないですか?」草平が訊いた。透明街の住人はもっと多かったはずだと記憶している。少なくとも、この通りに収まるほどの人数ではないはずだ。

嶋葉一はしばらく考え込むように黙った後、辺りを眺めながら言った。

「……街の住人の中にはな、八扇市《はちおうぎ》でなく、まったくちがう場所に住んでいたのに、どういうわけか気づくとこの透明街にいたってやつもいた。だから元々の場所まで弾き飛ばされているのかもしれん。なんでそんなことが起こり得るのか、結局わからんまま街は終わってしまったがね。これぱっかりはカミサマがそうしたとしか言えんなぁ」

玉川マキの顔が草平の脳裏をかすめた。あのカミサマは大昔に行ったと言っていた。なら地理的な問題も簡単に解決できるのかもしれない。だがそれを確かめる術《すべ》はもうない。

嶋葉一はセイジを背負い直した。

「草平、本当にすまなかった……。謝っても許されることじゃないが、だけどおれみたいな男はひたすら謝ることしかできん。街のことも……おれのことも忘れて、生きていってくれ」

「……あなたはどこへ?」草平は驚いて尋ねた。

「わからんよ。いまさら元いたところに戻れはしない。そのつもりもないしね。とりあえずあっちの方角へ歩いてみようか。もう透明でないから、車に轢《ひ》かれる心配もそうはないだろうしな」

父親が指差したのは、交差点を越え、橋を越えた遥か先のようだった。そして里稲を振り返った。

「里稲、おれはこれから新しい場所を探す。おれたちはもう狭い空間に隠れることしかできない透明人間じゃない。だからお前は選べ——お前の好きなほうでいい」

嶋葉一はセイジを背負ったまま去っていった。一度も振り返らなかった。


徐々に人通りが増えてきたので、草平と里稲も橋の上に場所を変えた。川面《かわも》は朝日を弾いて、巨大な魚の鱗《うろこ》みたいに輝いていた。

草平は、となりでそれを眺める里稲を見た。

「きみはどうしたい？」

しかし返答はなかった。突然のことで、まだ先のことなど考えられないのかもしれない。草平は父親を見送ってから考えていたことを打ち明けた。

「……ねえ、ぼくと——ぼくとおばさんか——ぼくたちと一緒に暮らさない？」

里稲はやっとこちらを向いてくれた。

「おばさんを説得するのは難しいだろうけど、でも不可能じゃない。必ずやってみせる。だから一緒に暮らそう」

彼女はふたたび視線を前に戻した。川の上流のほうにはうっすらと山々が見える。

「一緒に暮らそうよ」

草平はもう一度言った。彼女と暮らすのはきっと楽しいだろう。きっと想像以上に大変なこともあるだろうが、乗り越えられないわけではないと思う。

しかし彼女はついに首を横に振った。

「暮らさない」

「……どうして？」

「お父さん、追うね」

「あの人は……きみに選べって言った。きみのしたいようにできるんだよ」

里稲はまた首を振って、微笑んだ。

「これからの、わたしの居場所、だから」

必死に訴えようとしたが、草平はその笑顔を見て諦めた。彼女の心はすでに決まっているのだ。いくら説得しても無理だろう。

草平は髪を掻《か》いた。こんなことを言うのはまったくもって癪《しゃく》に障《さわ》るが、しかし言わないわけにはどうしてもいかなかった。

「あの人を……よろしくね」

「うん」と里稲は言い、草平の腹部に手を伸ばした。

「ごめんね」

草平は首を振った。

「大丈夫だよ。たいした傷じゃない」

里稲が、父親が去った方向へ一歩踏み出した。

「……行く、ね」

「……わかった」

だが背中を見せた彼女に、草平はふたたび声をかけた。

「里稲！　きみがぼくの妹だと知ったとき、ぼくは……それを少し残念に思ったんだ」

彼女はしばらくそのまま立ち尽くしていたが、やがて横顔を見せた。

「わたし、も」

草平は胸が引き裂かれる思いだった。やっと会うことができた家族と、どうして別れなくてはいけないのだろう。そう思う一方で納得してもいた。彼らとは住む世界が元からちがったのだ。お互いに決して交わることのない居場所を、見つけてしまったのだ。

「……元気で！」

里稲はもう振り返らなかった。

どんどん小さくなっていく。

そして朝の町並みに溶けるようにして見えなくなった。

どれくらいそうしていたのだろう。草平は不意に背後から声をかけられた。

「──草平？」

振り返ると制服姿の晴香がそこにいた。彼女は目を丸くして草平を見ていた。そして草平の目を、肩を、腕を、足を見て、また視線を顔に戻した。

晴香は目の前で微笑んでくれた。

「おかえり」

だから草平も応えた。

「ただいま」

草平はいま自分がどんな顔をしているのかまったくわからなかった。哀しみと喜びのどちらも感じていたが、果たして表情はどうだろう。

だけど自分で確かめる必要はない。

いま目の前にいる彼女が、ぼくを見てくれているのだから。

──了──

# あとがき

まっさらな布の上にたくさんの宝石が散らばっている。それが『インビジブル』を初めて聴いたときに思い描いた、わたしの頭の中の風景です。

はじまりはちょっとしたご縁によるものでした。それまでわたしはKEMU VOXXというユニットを存じ上げないどころか、ボーカロイドにも明るくありませんでした。執筆のご依頼をいただく際に、ひとまず聴かなければ始まらないと拝聴させていただいたのが、楽曲『インビジブル』でした。

なんという情報量の多さ！　間断なく頭に叩き込まれる独創的な歌詞と音に、わたしは息を呑みました。ひとつの世界観が短い曲の中に確立しているのだなと気づかされました。

一曲丸まる聴き終わった頃には、わたしの脳内に、大小さまざまの宝石が散らばっていました。すべてが楽曲『インビジブル』の欠片《かけら》なのです。その光景を眺めながら大変なことになったぞと途方に暮れました。それらの石をどういった順番で拾い集め、どんな風に磨き上げるかが小説化という作業の鍵になるはず。わたしは直感的にそう感じました。

本書『インビジブル』の物語は、わたしが拾い集め、磨き上げた宝石で彩られています。しかし、作業の過程でわたしは宝石を取捨選択しています。つまり拾いきれなかった宝石もまだまだあるのです。ゆえに拙著《せっちょ》を楽曲『インビジブル』の正統な本流と捉《とら》えることはお控えください。

## あとがき

『インビジブル』のオリジナルは楽曲であり、そして音楽の解釈とは聴く者の数だけあるのが自然です。執筆する上でKEMU VOXXさんよりいくつかの手がかりこそいただいておりましたが、拙著も無数にある支流のひとつでしかなく、まったく別の解釈をしたという方もたくさんいることでしょう。むしろそうでなければおかしいのです。

わたしはその意見を誰よりも尊重します。本流と呼べるものが存在するのなら、それはKEMU VOXX唯一無二のはずです。

しかしわたしが作り上げたこの物語でも、読者のみなさまを少しでも楽しませることができたというのなら、これほど嬉しいことはありません。この度は本書を手に取っていただき、誠にありがとうございます。

また本書がみなさまのお手もとに届くまでに、多くの方々にご協力、ご助言いただきました。アスキー・メディアワークスのCGM編集部をはじめ、関わっていただいたすべての方々にこの場をお借りして御礼申し上げます。

二〇一三年七月吉日　岩関昂道《いわせきたかみち》

表紙やキャラ設定では描けなかったので通常Ver.もここで〜
ありがとうございました!!!
ルンパッパー
ルンパッパー

挿絵を担当しました篁ふみです。

hatsuko先生の素敵キャラ絵のなか
1人だけ私がキャラデザさせて頂いたセイジさん
思い入れがあるのであとがきにも描いてみました！

ありがとうございました！

# インビジブル

Invisible

2013年8月31日　初版発行

原案●KEMU VOXX

著●岩関昂道

イラスト●hatsuko

挿絵●篁ふみ

装丁・デザイン●セキケイコ（SELFISH GENE）

協力●PHP研究所／角川書店

発行者●塚田正晃

発行所●株式会社アスキー・メディアワークス
〒102-8584　東京都千代田区富士見1-8-19
電話　03-5216-8510（編集）

発売元●株式会社KADOKAWA
〒102-8177　東京都千代田区富士見2-13-3
電話　03-3238-8521（営業）

印刷・製本●大日本印刷株式会社

小社ホームページ　**http://asciimw.jp/**

ISBN978-4-04-891814-5 C0093